KAFKA TRÄUMT

Bibliografische Information der Deutschen Nationalbibliothek

Die Deutsche Nationalbibliothek verzeichnet diese Publikation in der Deutschen Nationalbibliografie; detaillierte bibliografische Daten sind im Internet über http://dnb.dnb.de abrufbar.

Umschlagabbildung: Franz Kafka 1923, anonym
Umschlaggestaltung: BoutiqueBrutal.com
Druck und Bindung: GGP Media GmbH, Pößneck
ISBN 978-3-99027-290-9

FSC www.fsc.org MIX Papier | Fördert gute Waldnutzung FSC® C014496

KAFKA TRÄUMT

Ausgewählt, kommentiert und
mit einem Nachwort versehen
von Manfred Müller

JUNG
UND
JUNG

Vorwort

»Von der Litteratur aus gesehen ist mein Schicksal sehr einfach. Der Sinn für die Darstellung meines traumhaften innern Lebens hat alles andere ins Nebensächliche gerückt und es ist in einer schrecklichen Weise verkümmert und hört nicht auf zu verkümmern. Nichts anderes kann mich jemals zufrieden stellen.«[1]

In dieser berühmten Tagebuchstelle vom 6. August 1914 beschreibt Franz Kafka die Darstellung seines »traumhaften innern Lebens« als Zentrum seines Schreibens und damit seines Schicksals. Tatsächlich ist die Bedeutung der Träume für Kafkas Werk eminent: Träume stehen am Beginn des Schaffensprozesses, sind Ausgangspunkte vieler Texte und bilden, in Tagebüchern festgehalten, eine Materialsammlung, der Kafka Motive und Bilder entnimmt. Träumen war zudem ein wichtiger Bestandteil seines Tagesablaufs: Dabei kommt vor allem den »Halbschlafphantasien« am Kanapee, die Kafka zeitweise penibel dokumentierte, eine große Bedeutung zu. Stets gilt: Kafka beobachtet mit seinen Träumen nicht zuletzt immer auch sich selbst.

Kafkas Träume sind gleichermaßen mit seiner Biografie und seinem Werk verknüpft: Durch zahlreiche offensichtliche oder unausgesprochene Bezüge verweisen sie auf das Leben des Autors; formal und inhaltlich bilden sie einen zentralen Teil seiner Literatur. Dieses Buch will daher dreierlei: Es präsentiert Kafkas Träume, so wie er selbst sie in Tagebüchern und Briefen festgehalten hat. Es liefert in den ausführlichen Kommentaren zu diesen Traumnotaten den biografischen Hintergrund mit. Und es versucht schließlich im Nachwort, einige Gedanken zur Verbindung zwischen den Träumen und Kafkas Literatur zu formulieren.

Kafka träumt ist nicht die erste Publikation dieser Art: Zweimal wurden Kafkas Traumtexte bisher kommentiert veröffentlicht, zuerst im Jahr 1990 von Gasparo Giudice in italienischer Sprache. 1993 schließlich erschien auf Deutsch der Band *Franz Kafka: Träume*, herausgegeben von Gasparo Giudice und Michael Müller.[2] Vor allem letzterer ist eine der Säulen, auf denen das vorliegende Buch aufbaut. Neben einer veränderten Textauswahl ist die Zielsetzung jedoch eine völlig andere: Als Leseausgabe mit wesentlich erweitertem Kommentarteil will *Kafka träumt* mit korrekt edierten Traumnotaten, eingebettet in eine biografische Erzählung, eine neue Sicht auf den Autor anbieten. Und auch editorisch ist in den mehr als 30 Jahren seit dem Erscheinen von *Franz Kafka: Träume* viel passiert. So sind Teile der *Kritischen Ausgabe* im S. Fischer Verlag[3] erst später erschienen, und durch die *Historisch-Kritische Ausgabe sämtlicher Handschriften, Drucke und Typoskripte* bei Stroemfeld bzw. Wallstein[4] steht heute sogar eine Faksimile-Ausgabe zur Verfügung.

Kafka träumt versammelt 70 Traumtexte Franz Kafkas in der Chronologie ihrer Entstehung. In der überwiegenden Mehrzahl handelt es sich um Traumbeschreibungen, die er selbst als solche bezeichnet und ausgewiesen sowie in Tagebüchern oder Briefen aufgezeichnet hat. Einige wenige Texte sind an der Grenze zwischen Traumbericht und literarischer Erzählung angesiedelt; auch diese wurden aber von Kafka explizit in einen Traumzusammenhang gestellt. Im Gegensatz zu den früheren Editionen von Kafkas Traumtexten wurde auf die dort als »Kunstträume« bezeichneten Texte – nicht explizit als Träume ausgewiesene kurze Erzähltexte, deren Aufbau und Inhalt an Träume erinnert – weitestgehend verzichtet; der Grund dafür ist die bei Kafka schlicht unmögliche exakte Grenzziehung zwischen dem, was noch Traum, und dem, was bereits »Literatur« ist. Der Kafka-Biograf Peter-André Alt bringt es auf den Punkt, wenn er »die Grenzen zwischen Erzählversuch, Halbschlafphantasie, ›zeichnerische[r] Vorstellung‹, Tagträumerei und nächtlichem Traum« als »fließend«, eine »klare Zuordnung« als »unmöglich« beschreibt.[5] Dennoch wurden in der Vergangenheit zahlreiche fundierte Versuche unternommen, die Grenze zwischen Traum und Literatur bei Kafka zu definieren; für einen Band, der sich ausdrücklich mit Kafkas »Träumen« beschäftigt, erscheint es mir aber sinnvoll und wesentlich weniger spekulativ, sich auf die einigermaßen eindeutigen – obwohl man natürlich mit Recht fragen könnte: Was ist bei Kafka schon eindeutig? – Beispiele zu beschränken.

Mein Dank gilt Alfred Schmidt und Elisabeth Schindler-Müller, weiters dem Jung und Jung Verlag, namentlich Günther Eisenhuber und Harald Gschwandtner, für das schöne Vorhaben und die geduldige Unterstützung, sowie den Verlagen S. Fischer und Wallstein, deren Kafka-Editionen die Grundlage des Bandes bilden. Alle Briefe und Tagebucheinträge Kafkas inkl. ihrer sprachlichen Eigenheiten wurden unverändert übernommen.

1 KKAT, S. 546.
2 Vgl. Kafka, Sogni; Kafka, Träume.
3 Franz Kafka, Schriften, Tagebücher, Briefe. Kritische Ausgabe. Hg. von Gerhard Neumann, Malcolm Pasley, Jörg Schillemeit und Gerhard Kurz. Frankfurt am Main: S. Fischer 1982ff.
4 Franz Kafka: Historisch-Kritische Ausgabe sämtlicher Handschriften, Drucke und Typoskripte. Hg. von Roland Reuß und Peter Staengle. Frankfurt am Main, Basel: Stroemfeld bzw. Göttingen: Wallstein 1995ff.
5 Alt: Der ewige Sohn, S. 314.

Ich bat im Traum die Tänzerin Eduardowa, sie 1
möchte doch den Czardas noch einmal tanzen. Sie hatte einen breiten Streifen Schatten oder Licht mitten im Gesicht zwischen dem untern Stirnrand und der Mitte des Kinns. Gerade kam jemand mit den ekelhaften Bewegungen des unbewußten Intriganten, um ihr zu sagen, der Zug fahre gleich. Durch die Art wie sie die Meldung anhörte, wurde mir schrecklich klar, daß sie nicht mehr tanzen werde. »Ich bin ein böses schlechtes Weib nicht wahr?« sagte sie. Oh nein sagte ich das nicht und wandte mich in eine beliebige Richtung zum Gehn.

*

Vorher fragte ich sie über die vielen Blumen aus, die in ihrem Gürtel steckten. »Die sind von allen Fürsten Europas« sagte sie. Ich dachte nach, was das für einen Sinn habe, daß diese Blumen, die frisch in dem Gürtel steckten der Tänzerin Eduardowa von allen Fürsten Europas geschenkt worden waren.

Tagebuch, frühestens Ende Mai 1909

Dieser Traum ist zugleich einer der allerersten Einträge in Franz Kafkas Tagebücher. Seine Tagebucheintragungen setzen im Jahr 1909 ein – falls es frühere gab, sind sie nicht erhalten geblieben. Bis zum Jahr 1916 wird Kafka Tagebuch führen, einmal mehr, einmal weniger intensiv. Bisweilen entspricht das Tagebuch tatsächlich im weitesten Sinn einem Diarium, oft ist es aber eher ein Schreibheft, in dem Kafka (auch literarische) Einfälle vermerkt. In den ersten Monaten fehlen beispielsweise fast alle Zeitangaben, und auch der Eintrag, der die Tänzerin Eduardowa betrifft, ist nicht datiert. Aus dem Kontext lässt sich aber ein ungefähres Datum rekonstruieren: Die Sankt Petersburger Tänzerin Eugenie Eduardowa (1882–1960) war am 24. und 25. Mai 1909 mit dem Ballett des Mariinski-Theaters im Neuen deutschen Theater in Prag aufgetreten, Kafka dürfte eine der beiden Vorstellungen besucht haben. Dass er von der Aufführung beeindruckt gewesen sein muss, zeigt auch ein Satz, den er dreieinhalb Jahre später, im Jänner 1913, in einem Brief an seine spätere Verlobte Felice Bauer schreibt: Er habe »Monate davon geträumt, besonders von einer ganz wilden Tänzerin Eduardowa«.

Dieser erste Traum in Kafkas Tagebuch ist gleich ein Beispiel dafür, wie aus einer konkreten Erinnerung an reale Personen ein »Traumerlebnis« entsteht, das schließlich, so Michael Müller, »von Kafka literarisch fruchtbar gemacht« wird: Im Tagebuch folgen auf das Traumnotat zwei kurze Erzähltexte über die Tänzerin Eduardowa, die wirken, als wolle Kafka den Traum gleichsam in die Literatur hinein verlängern. Sie unterscheiden sich durch zahlreiche Bearbeitungen und Korrekturen vom eigentlichen Traum, aber obwohl sie aus dem Traum im Wesentlichen nur die Figur übernehmen, sind sie nicht klar von diesem abgrenzbar; möglicherweise ist bereits der Absatz »Vorher fragte ich sie …« nicht mehr Teil des eigentlichen Traums. Die Schwierigkeit der Abgrenzung von Traum und literarischem Text folgt aus einer Eigenart der Kafka'schen Traumnotate: Sie sind wie kleine Erzählungen strukturiert, mit klarem Ablauf, und somit bestens geeignet, nicht nur ein Weiterschreiben nach dem Motto ›Was wäre wenn‹ anzuregen, sondern gleichzeitig erzählerischer Ausgangspunkt und Anfang der Geschichte zu sein.

Parallel zum Traumnotat und den beiden Erzähltexten fertigte Kafka auch eine Zeichnung an, die mit der Tänzerin Eduardowa in Zusammenhang gebracht wird.

Zum biografischen Hintergrund: Im Mai 1909 wohnte der 25 Jahre alte Kafka zusammen mit seinen drei jüngeren Schwestern noch in der Wohnung der Eltern. Er war seit drei Jahren Doktor der Rechte und noch nicht ganz ein Jahr in der Arbeiter-Unfall-Versicherungs-Anstalt für das Königreich Böhmen in Prag (AUVA) angestellt. Kafka und der Schriftsteller Max Brod (1884–1968), mit dem er seit 1902 eng befreundet war, nahmen darüber hinaus am gesellschaftlichen Leben Prags teil. Regelmäßig traf man sich in Prager Cafés wie dem Café Arco. Daneben arbeitete Kafka an literarischen Texten: 1909/1910 entstand die zweite Fassung der Erzählung Beschreibung eines Kampfes.

---

2 In der ersten Prager Nacht träumte mir ich glaube, die ganze Nacht durch (um diesen Traum hieng der Schlaf herum, wie ein Gerüst um einen Pariser Neubau) ich sei zum Schlaf in einem großen Hause einquartiert, das aus nichts anderem bestand als aus Pariser Droschken, Automobilen, Omnibussen u. s. w. die nichts anderes zu tun hatten, als hart aneinander vorüber, übereinander, untereinander zu fahren und von nichts anderem war Rede und Gedanke, als von Tarifen, correspondancen, Anschlüssen, Trinkgeldern, direction Pereire, falschem Geld u. s. w. Wegen dieses Traumes konnte ich schon nicht schlafen, da ich mich aber in den notwendigen Fragen nicht ordentlich auskannte, hielt ich selbst das Träumen nur mit der größten Anstrengung aus. Ich klagte im Innern, daß man mich, der ich nach der Reise Ausruhn so nötig hatte, in einem solchen Hause einquartieren mußte, gleichzeitig

aber gab es in mir einen Parteigänger, der mit der drohenden Verbeugung französischer Ärzte (sie haben zugeknöpfte Arbeitsröcke) die Notwendigkeit dieser Nacht anerkannte.

An Max und Otto Brod, 20. Oktober 1910

Kafka schrieb diesen Traum auf einer von drei gleichzeitig abgeschickten Ansichtskarten, die in Prag verfasst und an Otto Brod in Paris adressiert wurden, jedoch mit »Lieber Max« beginnen. Er war eben von seiner ersten Paris-Reise, die er zusammen mit den beiden Brüdern Max und Otto Brod (1888–1944) unternommen hatte, allein nach Prag zurückgekehrt. Die Reise hatte er wegen einer schmerzhaften Hauterkrankung vorzeitig abbrechen müssen, um sich in Prag eingehend behandeln zu lassen.

Dem Motiv des Träumens, das ihn am Schlafen hindert, widmet sich Kafka in Tagebüchern und Briefen immer wieder, es zieht sich auch durch eine Vielzahl seiner Traumnotate.

Der Pariser Straßenverkehr wird Kafka auch bei seiner zweiten Reise nach Paris beeindrucken, was im September 1911 zu einem Eintrag im Reisetagebuch führt.

3 Eine schreckliche Erscheinung war heute in der Nacht ein blindes Kind scheinbar die Tochter meiner Leitmeritzer Tante die übrigens keine Tochter hat sondern nur Söhne, von denen einer einmal den Fuß gebrochen hatte. Dagegen waren zwischen diesem Kind und der Tochter Dr. Marschners Beziehungen, die, wie ich letzthin gesehen habe, auf dem Wege ist, aus einem hübschen Kind ein dickes steif angezogenes kleines Mädchen zu werden. Dieses blinde oder schwachsichtige Kind hatte beide Augen von einer Brille bedeckt, das linke unter dem ziemlich weit entfernten Augenglas war milchgrau und rund vortretend, das andere trat zurück und war von einem anliegenden Augenglas verdeckt. Damit dieses Augenglas optisch richtig eingesetzt sei, war es nötig statt des gewöhnlichen über das Ohr zurückgehenden Halters, einen Hebel anzuwenden, dessen Kopf nicht anders befestigt werden konnte als am Wangenknochen, so daß von diesem Augenglas ein Stäbchen zur Wange hinuntergieng, dort im durchlöcherten Fleisch verschwand und am Knochen endete, während ein neues Dratstäbchen heraustrat und über das Ohr zurückgieng.

Tagebuch, 2. Oktober 1911

Dieser Traum ist Teil einer Tagebuchstelle, in der Kafka, wie oft, seine Schlaflosigkeit beklagt. Wieder ist es das Träumen, das Kafka einerseits am Schlafen hindert, andererseits aber auch anstrengender ist als das »Wachleben«. In diesem Zusammenhang wird von diesem Albtraum vom blinden Kind berichtet, ohne ihn »Traum« zu nennen; Kafka spricht von einer »schrecklichen Erscheinung«.

Das Personal des Traums besteht zum Großteil aus Menschen, die Kafka gut bekannt waren: Seine »Leitmeritzer Tante«, Karoline Kohn (1856–1929), war die Witwe eines älteren Bruders von Kafkas Vater Hermann (1852–1931), Heinrich Kafka (1850–1886), der als Kaufmann nach Nordböhmen gegangen war.

Robert Marschner (1865–1934) war geschäftsführender Direktor der erwähnten AUVA, bei der Kafka seit 1908 angestellt war. Er hatte tatsächlich eine Tochter, Berta (1900–1972).

Eine assoziative Brücke zu einer weiteren Person aus seinem engsten Umfeld legt Kafka selbst, indem er am Ende derselben Tagebucheintragung schreibt: »Ich war heute so schwach daß ich sogar meinem Chef die Geschichte von dem Kind erzählte. – Jetzt erinnerte ich mich, daß die Brille im Traum von meiner Mutter stammt, die am Abend neben mir sitzt und unter ihrem Zwicker während des Kartenspiels nicht sehr angenehm zu mir herüberschaut. Ihr Zwicker hat sogar, was ich früher bemerkt zu haben mich nicht erinnere das rechte Glas näher dem Auge als das linke.«

Beim erwähnten »Chef« dürfte es sich um Eugen Pfohl (1867–1919) gehandelt haben, der als Leiter der Betriebsabteilung der AUVA Kafkas direkter Vorgesetzter war.

---

4 Traum von heute nacht, den ich selbst früh noch nicht für schön hielt abgesehen von einer kleinen aus zwei Gegenbemerkungen bestehenden komischen Scene, die jenes ungeheuerliche Traumwohlgefallen zur Folge hatte, die ich aber vergessen habe. Ich gieng – ob gleich am Anfang Max dabei war weiß ich nicht – durch eine lange Häuserreihe in der Höhe des ersten bis 2ten Stockwerkes, so wie man in Durchgangszügen von einem Waggon zum andern geht. Ich gieng sehr rasch vielleicht auch weil manchmal das Haus so gebrechlich war, daß man schon deshalb eilte. Die Türen zwischen den Häusern fielen mir gar nicht auf, es war eben eine riesige Zimmerflucht und doch war nicht nur die Verschiedenheit der einzelnen Wohnungen sondern auch der Häuser zu erkennen. Es waren vielleicht lauter Zimmer mit Betten, durch die ich kam. Es ist mir ein typisches Bett in der Erinnerung geblieben,

das seitwärts links von mir an der dunklen oder schmutzigen vielleicht dachbodenartig schiefen Wand steht, einen niedrigen Aufbau von Bettwäsche hat und dessen Decke, eigentlich nur ein grobes Leintuch, zusammengetreten von den Füßen dessen, der hier geschlafen hat in einem Zipfel hinunterhängt. Ich fühlte mich beschämt, zu einer Zeit, wo noch viele Leute in den Betten lagen, durch ihre Zimmer zu gehn, gieng daher auf den Fußspitzen mit großen Schritten, durch die ich irgendwie zu zeigen hoffte, daß ich nur gezwungen durchgehe, alles möglichst schone und schwach auftrete, daß mein Durchgehn förmlich gar nicht gelte. Deshalb drehte ich auch im gleichen Zimmer niemals den Kopf und sah nur entweder das was rechts zur Gasse zu, oder was links zur Rückwand zu lag. Die Reihe von Wohnungen war öfters von Bordellen unterbrochen, durch die ich aber, trotzdem ich scheinbar ihretwegen diesen Weg machte, besonders rasch gieng, so daß ich mir nichts als ihr Dasein gemerkt habe. Das letzte Zimmer aller Wohnungen war aber wieder ein Bordell und hier blieb ich. Die der Tür durch die ich eintrat gegenüberliegende Wand, also die letzte Wand der Häuserreihe war entweder aus Glas oder überhaupt durchbrochen und ich wäre beim Weitergehn hinuntergefallen. Es ist sogar wahrscheinlicher, daß sie durchbrochen war, denn es lagen gegen den Rand des Fußbodens die Dirnen, klar waren mir zwei, auf der Erde, der einen hieng der Kopf ein wenig über die Kante hinaus in die freie Luft hinunter. Links war eine feste Wand, dagegen war die Wand rechts nicht vollkommen, man sah in den Hof hinunter wenn auch nicht bis auf seinen Grund und eine baufällige graue Treppe führte in mehreren Abteilungen hinunter. Nach dem Licht im Zimmer zu schließen, war der Plafond so wie in den andern Zimmern. Ich hatte hauptsächlich mit der Dirne zu tun, deren Kopf herabhieng, Max mit der links neben ihr liegenden. Ich betastete ihre Beine und blieb dann dabei, ihre Oberschenkel regelmäßig zu drücken. Mein Vergnügen dabei war so groß, daß ich mich wunderte, daß man für diese Unterhaltung, welche doch gerade die schönste war, noch nichts zahlen müsse. Ich war überzeugt daß ich und ich allein die Welt betrüge. Dann erhob die Dirne bei ruhenden Beinen ihren Oberleib und wandte mir den Rücken zu, der zu meinem Schrecken mit großen siegellackroten Kreisen mit erblassenden Rändern und dazwischen versprengten roten Spritzern bedeckt war. Jetzt bemerkte ich, daß ihr ganzer Körper davon voll war, daß ich meinen Daumen auf ihren Schenkeln in solchen Flecken hielt und daß auch auf meinen Fingern diese roten Partikelchen wie von einem zerschlagenen Siegel lagen. Ich trat zurück unter eine Anzahl Männer die an der Wand nahe der Mündung der Treppe, auf der ein kleiner Verkehr stattfand, zu warten schienen. Sie warteten so, wie Männer auf dem Land am Sonntagmorgen auf dem Markt zusammenstehen. Deshalb war auch Sonntag. Hier spielte sich auch die komische Szene ab, indem ein Mann, vor dem ich und Max Grund hatten sich zu fürchten, weggieng, dann die Treppe heraufkam, zu mir trat und während ich und Max mit Angst irgend eine schreckliche Drohung von ihm erwarteten, eine lächerlich einfältige Frage an mich stellte. Dann stand ich dort und sah besorgt zu wie Max ohne Angst in diesem Lokal irgendwo links auf der Erde saß und eine dicke Kartoffelsuppe aß, aus der die Kartoffeln als große Kugeln heraussahen, hauptsächlich eine. Er drückte sie mit dem Löffel, vielleicht mit 2 Löffeln in die Suppe hinein oder wälzte sie bloß.

Tagebuch, 9. Oktober 1911

Kafka schrieb diesen »Bordelltraum« wenige Wochen nach seiner Rückkehr von einer Reise nach Oberitalien und Paris auf, die er zusammen mit Max Brod unternommen hatte. Da die beiden dabei mehrere Bordelle besucht haben dürften, ist ein Zusammenhang des Traums mit den Erlebnissen der

Reise naheliegend. Zudem finden sich in Kafkas Reisetagebuch mehrere Verweise auf die in Mailand grassierende Cholera: Der im Traum beschriebene Hautausschlag der »Dirne« könnte mit der Krankheit in Zusammenhang stehen, die immerhin dazu geführt hatte, dass Kafka und Brod – wie Ersterer im Reisetagebuch festhielt – »von Mailand nach Paris aus Angst vor der Cholera« geflüchtet waren. Dieser Hautausschlag der Prostituierten sollte in anderem Zusammenhang auch in die Literatur Kafkas eingehen: Er hat große Ähnlichkeit mit der Jahre später beschriebenen Wunde des Jungen in der Erzählung Der Landarzt.

In psychoanalytischer Hinsicht bietet der Traum einige Interpretationsmöglichkeiten, bis hin zur Erfahrung der eigenen (körperlichen) Unzulänglichkeit gegenüber anderen (Max Brod, der sich »ohne Angst« seelenruhig mit seiner Suppe beschäftigt). Kafkas Unsicherheit gegenüber dem Ausleben seiner Sexualität, hier auch in seiner Angst ausgedrückt, »daß ich und ich allein die Welt betrüge«, zieht sich durch zahlreiche Tagebucheintragungen und Briefstellen.

Ich träumte heute von einem windhundartigen Esel, der in seinen Bewegungen sehr zurückhaltend war. Ich beobachtete ihn genau weil ich mir der Seltenheit der Erscheinung bewußt war, behielt aber nur die Erinnerung daran zurück, daß mir seine schmalen Menschenfüße wegen ihrer Länge und Gleichförmigkeit nicht gefallen wollten. Ich bot ihm frische, dunkelgrüne Cypressenbüschel an, die ich eben von einer alten Züricher Dame (das ganze spielte sich in Zürich ab) bekommen hatte, er wollte sie nicht, schnupperte nur leicht an ihnen; als ich sie aber dann auf einem Tisch liegen ließ, fraß er mir sie so vollständig auf, daß nur ein kaum zu erkennender kastanienähnlicher Kern übrig blieb. Später war die Rede davon, daß dieser Esel noch nie auf vieren gegangen sei, sondern sich immer menschlich aufrecht halte und seine silbrig glänzende Brust und das Bäuchlein zeige. Das war aber eigentlich nicht richtig. 5

Außerdem träumte ich von einem Engländer, den ich in einer Versammlung, ähnlich jener der Heilsarmee in Zürich kennen lernte. Es waren dort Sitze wie in der Schule, unter der Schreibplatte war nämlich noch ein offenes Fach; als ich einmal hineingriff um etwas zu ordnen, wunderte ich mich, wie leicht man auf der Reise Freundschaften schließt. Damit war offenbar der Engländer gemeint, der kurz darauf zu mir trat. Er hatte helle lose Kleider, die in sehr gutem Zustand waren, nur hinten an den Oberarmen war statt des Kleiderstoffes oder wenigstens über ihm festgenäht, ein grauer, faltiger, ein wenig hängender, streifig zerrissener, wie von Spinnen punktierter Stoff, der sowohl an die Ledereinlagen in Reithosen als auch an den Ärmelschutz der Nätherinnen, Ladenmädchen, Comptoiristinnen erinnerte. Sein Gesicht war gleichfalls mit einem grauen Stoff bedeckt, der sehr geschickte Ausschnitte für Mund, Augen, wahrscheinlich auch für die Nase hatte. Dieser Stoff war aber neu, gerauht eher flanellartig, sehr schmiegsam und weich, von ausgezeichnetem englischen Fabrikat. Mir gefiel das alles so, daß ich begierig war, mit dem Mann bekannt zu werden. Er wollte mich auch in seine Wohnung einladen; da ich aber schon übermorgen wegfahren mußte, zerschlug sich das. Ehe er die Versammlung verließ, zog er sich noch einige offenbar sehr praktische Kleidungsstücke an, die ihn nachdem er sie zugeknöpft hatte ganz unauffallend machten. Trotzdem er mich nicht zu sich einladen konnte, forderte er mich doch auf mit ihm auf die Gasse zu gehn. Ich folgte ihm, wir blieben gegenüber dem Versammlungslokal an einer Trottoirkante stehn, ich unten, er oben, und fanden wiederum nach einigem Gespräch, daß aus der Einladung nichts werden konnte.

Dann träumte ich, daß Max Otto und ich die Gewohnheit hatten, unsere Koffer erst auf dem Bahnhof zu packen. Da trugen wir z. B. die Hemden durch die Haupthalle zu unsern entfernten Koffern. Trotzdem dies allgemeine Sitte zu sein schien, bewährte es sich bei uns nicht, besonders deshalb weil wir erst knapp vor dem Einfahren des Zuges zu packen anfiengen. Dann waren wir natürlich aufgeregt und hatten kaum Hoffnung noch den Zug zu erreichen, wie erst gute Plätze zu bekommen.

Tagebuch, 29. Oktober 1911

Kafka und Brod hatten sowohl auf der Hin- als auch der Rückreise ihrer Oberitalien- und Paris-Reise in Zürich Halt gemacht, waren jedoch beide Male nur wenige Stunden in der Stadt gewesen. Vom Esel und dem Engländer sind keine realen Vorbilder überliefert, auch nicht von einer Versammlung der Heilsarmee – Hartmut Binder rekonstruiert immerhin die Wahrscheinlichkeit, dass Kafka der Heilsarmee auf dem Weg durch Zürich begegnet sein könnte.

Bei »Otto« handelt es sich um Max' Bruder Otto Brod, der allerdings auf besagter Reise nicht dabei gewesen war.

6 vorgestern geträumt: lauter Teater, ich einmal oben auf der Gallerie, einmal auf der Bühne, ein Mädchen, die ich vor paar Monaten gern gehabt hatte spielte mit, spannte ihren biegsamen Körper, als sie sich im Schrecken an einer Sessellehne festhielt; ich zeigte von der Gallerie auf das Mädchen, das eine Hosenrolle spielte, meinem Begleiter gefiel sie nicht. In einem Akt war die Dekoration so groß daß nichts anderes zu sehn war, keine Bühne, kein Zuschauerraum, kein Dunkel, kein Rampenlicht; vielmehr waren alle Zuschauer in großen Mengen auf der Scene, die den Altstädter Ring darstellte, wahrscheinlich von der Mündung der Niklasstraße aus gesehn. Trotzdem man infolgedessen den Platz vor der Rathausuhr und den kleinen Ring eigentlich nicht hätte sehen dürfen, war es doch durch kurze Drehungen und langsame Schwankungen des Bühnenbodens erreicht, daß man z. B. vom Kinskypalais aus den kleinen Ring überblicken konnte. Es hatte dies keinen Zweck, als womöglich die ganze Dekoration zu zeigen, da sie nun schon einmal in solcher Vollkommenheit da war und da es zum weinen schade gewesen wäre, etwas von dieser Dekoration zu übersehn, die, wie ich mir wohl bewußt war, die schönste Dekoration der ganzen Erde und aller Zeiten war. Die Beleuchtung war von dunklen, herbstlichen Wolken bestimmt.

Das Licht der gedrückten Sonne erglänzte zerstreut in dieser oder jener gemalten Fensterscheibe der Südostseite des Platzes. Da alles in natürlicher Größe und ohne sich im kleinsten zu verraten ausgeführt war, machte es einen ergreifenden Eindruck, daß manche der Fensterflügel vom mäßigen Wind auf und zugeweht wurden, ohne daß man wegen der großen Höhe der Häuser einen Laut gehört hätte. Der Platz war stark abfallend, das Pflaster fast schwarz, die Teinkirche war an ihrem Ort vor ihr aber war ein kleines Kaiserschloß, in dessen Vorhof, alles was sonst an Monumenten auf dem Platze stand in großer Ordnung versammelt war: die Mariensäule, der alte Brunnen vor dem Rathaus, den ich selbst nie gesehen habe, der Brunnen vor der Niklaskirche und eine Plankeneinzäumung, die man jetzt um die Grundaushebung für das Husdenkmal aufgeführt hat. Dargestellt wurde – oft vergißt man im Zuschauerraum, daß nur dargestellt wird, wie erst auf der Bühne und in diesen Kulissen – ein kaiserliches Fest und eine Revolution. Die Revolution war so groß, mit riesigen den Platz aufwärts und abwärts geschickten Volksmengen, wie sie wahrscheinlich in Prag niemals stattgefunden hatte; man hatte sie offenbar nur wegen der Dekoration nach Prag verlegt, während sie eigentlich nach Paris gehörte. Vom Fest sah man zuerst nichts, der Hof war jedenfalls zu einem Feste ausgefahren, inzwischen war die Revolution losgebrochen, das Volk war ins Schloß eingedrungen, ich selbst lief gerade über die Vorsprünge der Brunnen im Vorhof ins Freie, die Rückkehr ins Schloß aber sollte dem Hofe unmöglich werden. Da kamen die Hofwagen von der Eisengasse her in so rasender Fahrt an, daß sie schon weit von der Schloßeinfahrt bremsen mußten und mit festgehaltenen Rädern über das Pflaster schleiften. Es waren Wägen, wie man sie bei Volksfesten und Umzügen sieht, auf denen lebende Bilder gestellt werden, sie waren also flach, mit einem Blumengewinde umgeben und von der Wagenplatte hieng ringsherum ein farbiges Tuch herab das die Räder verdeckte. Desto mehr wurde man sich des Schreckens bewußt, den ihre Eile bedeutete. Sie wurden von den Pferden, die sich vor der Einfahrt bäumten, wie ohne Bewußtsein im Bogen von der Eisengasse zum Schloß geschleppt. Gerade strömten viele Menschen an mir vorüber auf den Platz hinaus, meist Zuschauer, die ich von der Gasse her kannte und die vielleicht gerade jetzt angekommen waren. Unter ihnen war auch ein bekanntes Mädchen, ich weiß aber nicht welches; neben ihr gieng ein junger eleganter Mann mit einem gelbbraunen kleinkarrierten Ulster, die Rechte tief in der Tasche. Sie giengen zur Niklasstraße zu. Von diesem Augenblick an sah ich nichts mehr.

Tagebuch, 9. November 1911

Kafkas Traum macht den Altstädter Ring in Prag zur Bühne, auf der zwei imaginierte »historische« Ereignisse – »ein kaiserliches Fest und eine Revolution« – dargestellt werden. Parallelen dieses Traums zu Kafkas berühmtem Prosatext Auf der Galerie *hat Peter-André Alt hervorgehoben.*

Der genau beschriebene Ort umfasst bedeutende Teile von Kafkas engstem Lebensumfeld, die Giudice und Müller aufzählen: »Kafkas Geburtshaus hatte sich ganz in der Nähe befunden, und im Haus Altstädterring Nr. 2 hatte die Familie von 1889 bis 1896 gewohnt. In der Niklasstraße Nr. 36 wohnte sie seit Juni 1907. Im gleichfalls am Ring gelegenen Kinsky-Palais war das Gymnasium untergebracht, das Kafka besucht hatte; später verlegte sein Vater sein Geschäft in dieses Gebäude. Der Gebäudekomplex mit dem alten Rathaus trennt den Altstädter vom sogenannten Kleinen Ring […]. Die Niklaskirche und die Teynkirche liegen an dem Platz, auf dem sich auch eine Mariensäule befand, die 1918 abgetragen wurde. Das Denkmal für den tschechischen Reformator Jan Hus wurde 1915 eingeweiht. Eine Eisengasse existierte ebenfalls, den alten Brunnen [er bestand bis 1868; Anm. MM] vor dem Rathaus wird Kafka aus Erzählungen oder von Abbildungen gekannt haben, einzig das Kaiserschloß findet – wie er ja selbst anmerkt – keine Entsprechung in der Realität.«

Bühnen spielen in Kafkas Träumen häufig eine Rolle, in dieser Zeit war er auch im realen Leben überdurchschnittlich oft im Theater. Anfang Oktober 1913 hatte er erstmals eine Aufführung einer Lemberger Theatertruppe im Café Savoy gesehen. Er begeisterte sich ad hoc für das jiddische Theater und freundete sich mit einem Mitglied der Truppe, Jizchak Löwy (1887–1942), an – sehr zum Missfallen von Kafkas Vater. Dessen abschätzige Reaktion sollte noch sieben Jahre später im Brief an den Vater *thematisiert werden.*

Sowohl die Freundschaft mit Löwy als auch Kafkas Interesse am jiddischen Theater vertieften sich in den Folgemonaten; am 18. Februar 1912 hielt er sogar einen Einleitungsvortrag zu einem Rezitationsabend Jizchak Löwys im Festsaal des Jüdischen Rathauses.

Heute mittag vor dem Einschlafen – ich schlief aber gar nicht ein – lag auf mir der Oberkörper einer Frau aus Wachs. Ihr Gesicht war über dem meinen zurückgebogen, ihr linker Unterarm drückte meine Brust. 7

Tagebuch, 16. November 1911

Diese kurze Beschreibung, die den Traum wieder zwischen Wachen und Schlafen situiert, wurde, allerdings ohne nähere Erklärung, als Beleg für Kafkas Nähe zur jüdischen Mystik gedeutet.

Traum: Im Teater. Vorstellung »das weite Land« 8
von Schnitzler bearbeitet von Utitz. Ich sitze ganz vorn in einer Bank, glaube in der ersten zu sitzen, bis sich schließlich zeigt, daß es die zweite ist. Die Rückenlehne der Bank ist der Bühne zugekehrt, so daß man den Zuschauerraum bequem, die Bühne erst nach einer Drehung sehen kann. Der Verfasser ist irgendwo in der Nähe, ich kann mit meinem schlechten Urteil über das Stück, das ich offenbar schon kenne nicht zurückhalten, füge aber dafür hinzu, daß der dritte Akt witzig sein soll. Mit diesem »soll« will ich wieder sagen, daß ich, wenn von den guten Stellen gesprochen wird, das Stück nicht

kenne und mich auf das Hörensagen verlassen muß; dafür wiederhole ich diese Bemerkung noch einmal nicht nur für mich, aber doch von den andern nicht beachtet. Rings um mich herum ist ein großes Gedränge, alles scheint in seinen Winterkleidern gekommen zu sein und füllt daher die Plätze übermäßig aus. Leute neben mir, hinter mir die ich nicht sehe sprechen auf mich ein, zeigen mir Neuankommende, nennen die Namen, besonders werde ich auf ein durch eine Sesselreihe sich drängendes Ehepaar aufmerksam gemacht, da die Frau ein dunkelgelbes, männliches, langnasiges Gesicht hat und überdies soweit man im Gedränge aus dem ihr Kopf ragt sehen kann, Männerkleidung trägt; neben mir steht merkwürdig frei der Schauspieler Löwy, dem wirklichen aber sehr unähnlich und hält aufgeregte Reden, in denen das Wort »principium« sich wiederholt, ich erwarte immerfort das Wort »tertium comparationis«, es kommt nicht. In einer Loge des zweiten Ranges eigentlich nur in einem Winkel der Gallerie, von der Bühne aus rechts, die sich dort an die Logen anschließt, steht irgend ein dritter Sohn der Familie Kisch hinter seiner sitzenden Mutter und redet in das Teater, an gezogen in einen schönen Kaiserrock, dessen Flügel ausgebreitet sind. Die Reden des Löwy haben eine Beziehung zu diesen Reden. Unter anderem zeigt Kisch hoch oben auf eine Stelle des Vorhangs und sagt, dort sitzt der deutsche Kisch, damit meint er meinen Schulkollegen, der Germanistik studiert hat. Als der Vorhang aufgeht das Teater sich zu verdunkeln anfängt und Kisch so wie so verschwinden würde, zieht er um dies deutlicher zu machen, mit seiner Mutter die Gallerie aufwärts und weg, wieder alle Arme Röcke und Beine sehr ausgebreitet. Die Bühne liegt etwas tiefer als der Zuschauerraum, man schaut hinunter, das Kinn auf der Rückenlehne. Die Dekoration besteht hauptsächlich in zwei niedrigen dicken Säulen in der Mitte der Bühne. Ein Gastmahl wird dargestellt, an dem sich Mädchen und junge Männer beteiligen. Ich sehe wenig, denn obgleich mit Beginn des Spiels viele Leute gerade aus den ersten Bänken weggegangen sind offenbar hinter die Bühne, verdecken die zurückbleibenden Mädchen mit großen flachen, meist blauen über die ganze Länge der Bank hin- und herrückenden Hüten die Aussicht. Einen kleinen 10–15 jährigen Jungen sehe ich jedoch auf der Bühne besonders klar. Er hat trockenes, gescheiteltes, gerade geschnittenes Haar. Er weiß nicht einmal richtig die Serviette auf seine Oberschenkel zu legen, muß zu diesem Zweck aufmerksam hinunterschauen und soll in diesem Stück einen Lebemann spielen. Infolge dieser Beobachtung habe ich kein großes Vertrauen zu diesem Teater mehr. Die Gesellschaft auf der Bühne erwartet nun verschiedene Ankömmlinge die aus den ersten Zuschauerreihen auf die Bühne hinunter steigen. Das Stück ist aber auch nicht gut einstudiert. So kommt eine Schauspielerin Hackelberg eben an, ein Schauspieler spricht sie weltmännisch in seinem Fauteuil lehnend mit »Hackel-« an, bemerkt jetzt den Irrtum und korrigiert sich. Nun kommt ein Mädchen an, das ich kenne (Frankel heißt sie glaub ich), sie steigt gerade an meinem Platz über die Lehne, ihr Rücken ist als sie hinüber steigt, ganz nackt, die Haut nicht sehr rein über der rechten Hüfte ist sogar eine aufgekratzte, blutunterlaufene Stelle, in der Größe eines Türknopfes. Sie spielt dann aber, als sie sich auf der Bühne wendet und mit reinem Gesicht dasteht, sehr gut. Nun soll ein singender Reiter aus der Ferne im Galopp sich nähern, ein Klavier täuscht das Hufeklappern vor man hört den sich nähernden stürmischen Gesang, endlich sehe ich auch den Sänger der um dem Gesang das natürliche Anschwellen des eilend herannahenden zu geben, die Gallerie oben entlang läuft zur Bühne. Noch ist er nicht bei der Bühne auch mit dem Lied noch nicht zuende und doch hat er das Äußerste an Eile und schreiendem Gesang hergegeben, auch das Klavier kann nicht mehr deutlicher die auf Steine schlagenden Hufe nachahmen. Daher lassen beide ab und der Sänger kommt mit ruhigem Gesang heran, nur macht er sich so klein, daß nur sein Kopf über die Galleriebrüstung ragt, damit man ihn nicht so deutlich sieht. Damit ist der erste Akt zuende, aber der Vorhang geht nicht hinunter, auch das Teater bleibt dunkel. Auf der Bühne sitzen 2 Kritiker auf dem Boden und schreiben mit dem Rücken an einer Dekoration lehnend. Ein Dramaturg oder Regisseur mit blondem Spitzbart kommt auf die Bühne gesprungen, im Flug noch streckt er eine Hand zu einer Anordnung aus; in der andern Hand trägt er eine Weintraube, die früher auf einer Obstschale des Gastmahls lag und ißt von ihr. Wieder dem Zuschauerraum zugewendet, sehe ich, daß er mit einfachen Petroleumlaternen beleuchtet ist, die wie in Gassen auf einfachen Kandelabern aufgesteckt sind und jetzt natürlich nur ganz schwach brennen. Plötzlich, unreines Petroleum oder eine schadhafte Stelle im Docht wird die Ursache sein, spritzt das Licht aus einer solchen Laterne und Funken gehn in breitem Stoße auf die Zuschauer nieder die für den Blick nicht zu entwirren sind und eine Masse schwarz wie Erde bilden. Da steht ein Herr aus dieser Masse auf, geht förmlich auf ihr näher zur Laterne hin, will offenbar die Sache in Ordnung bringen, schaut aber zuerst zur Laterne hinauf, bleibt ein Weilchen so neben ihr stehn und als nichts geschieht, geht er ruhig wieder zu seinem Platz zurück, in dem er versinkt. (Ich verwechsle mich mit ihm und neige das Gesicht ins Schwarze.)

Tagebuch, 19. November 1911

Wieder ein Theatertraum, diesmal im Gegensatz zu Nr. 6 allerdings mit Personen aus Kafkas Umfeld bevölkert und möglicherweise sogar von einem realen Theaterbesuch ausgehend: Schnitzlers Das weite Land *wurde 1911/1912 am Neuen Deutschen Theater in Prag gespielt. Dass Kafka tatsächlich eine der Vorstellungen besucht hat, ist allerdings eher unwahrscheinlich. Schnitzlers Werke kannte er und schätzte seine »anfänglichen Arbeiten«, betonte aber in einem Brief an Felice Bauer aus dem Februar 1913, dass die »großen Stücke und seine große Prosa […] angefüllt« seien »mit einer geradezu schwankenden Masse widerlichster Schreiberei. Man kann ihn gar nicht tief genug hinunterstoßen. Die Stücke, die ich von ihm gesehen habe (Zwischenspiel, Ruf des Lebens, Medardus) sind mir noch vor dem zuschauenden Blick vergangen und während ich zuhörte, habe ich sie vergessen.«*

Emil Utitz (1883–1956) war ein Schulkollege Kafkas, der zuerst in Prag, später in München Philosophie studierte und schließlich Professor an der Martin Luther-Universität Halle-Wittenberg wur-

de. Kafka, der bis kurz vor seinem Tod Kontakt zu Utitz hatte, besuchte ihn während dessen Münchner Studienzeit; zu diesen Anlässen sind gemeinsame Theaterbesuche denkbar. Schnitzler-Stücke, wie in Kafkas Traum, hat Utitz allerdings sicher niemals fürs Theater bearbeitet.

Mit dem »Schauspieler Löwy« ist Jizchak Löwy gemeint, Mitglied der »ostjüdischen« Theatergruppe, die ab Herbst 1911 in Prag gastierte (vgl. Nr. 6).

»Irgend ein dritter Sohn der Familie Kisch« könnte Wolfgang Kisch (1887–1914) sein, der drittälteste der fünf Kisch-Brüder Paul (1883–1944), Egon Erwin (1885–1948), Wolfgang, Arnold (1889–1942) und Friedrich (1894–1968). Von ihm sind allerdings keine weiteren Verbindungen zu Kafka überliefert. Anders verhält es sich mit dem Ältesten, Paul, wegen seines Germanistik-Studiums und seiner deutschnationalen Gesinnung »deutscher Kisch« genannt, der wie Utitz Kafkas Schulkollege war. Er wurde, wie sein berühmter jüngerer Bruder Egon Erwin, Journalist.

Die Schauspielerin Gertrud Hackelberg war 1911 in Prag engagiert, ihr Name findet sich aber nicht auf der Besetzungsliste von Das weite Land.

9 Traum eines Bildes, angeblich von Ingres. Die Mädchen im Wald in tausend Spiegeln oder eigentlich: Die Jungfrauen u.s.w. Ähnlich gruppiert und luftig gezogen wie auf den Vorhängen der Teater war rechts im Bild eine Gruppe dichter beisammen nach links hin saßen und lagen sie auf einem riesigen Zweig oder einem fliegenden Band oder schwebend aus eigener Kraft in einer gegen den Himmel langsam ansteigenden Kette. Und nun spiegelten sie sich nicht nur gegen den Zuschauer hin sondern auch von ihm weg, wurden undeutlicher und vielfacher, was das Auge an Einzelheiten verlor gewann es an Fülle. Vorn aber stand ein von den Spiegelungen unbeeinflußtes nacktes Mädchen auf ein Bein gestützt mit vortretender Hüfte. Hier war Ingres Zeichenkunst zu bewundern, nur fand ich eigentlich mit Wohlgefallen, daß zuviel wirkliche Nacktheit auch für den Tastsinn an diesem Mädchen übriggeblieben war. Von einer durch sie verdeckten Stelle gieng ein Schimmer gelblich blassen Lichtes aus.

Tagebuch, 20. November 1911

Ob Kafka einen besonderen Bezug zu Bildern des Malers Jean-Auguste-Dominique Ingres (1780–1867) hatte, ist nicht bekannt. Das beschriebene Bild weist Ähnlichkeiten mit dessen Gemälde L'Age d'or *(1862) auf, das Kafka durch Reproduktionen gekannt haben könnte.*

Im Traum war ich dann in einem sehr schmalen auch nicht übermäßig hohen, glasüberwölbten Durchhaus, ähnlich den ungangbaren Kommunikationen auf primitiven italienischen Bildern, von der Ferne auch einem Durchhaus ähnlich, das wir in Paris gesehen haben, als eine Abzweigung der rue des Petits Champs. Nur war jenes in Paris doch breiter und mit Geschäften angefüllt, dieses aber lief zwischen leeren Wänden hin, ließ im Anblick kaum für zwei nebeneinandergehende Personen Platz, gieng man aber wirklich darin, wie ich mit Frau Tschissik dann war überraschend viel Platz, ohne daß es uns überraschte. Während ich mit Frau T. zu dem einen Ausgang hingieng, in der Richtung zu einem möglichen Beobachter des Ganzen, und Fr. Tschissik sich wegen irgend eines Vergehn (es schien Trunksucht zu sein) gleichzeitig entschuldigte und mich bat ihren Verläumdern nicht zu glauben, peitschte Herr T. am anderen Ende des Durchhauses einen zottigen blonden Bernhardiner, der ihm gegenüber auf den Hinterbeinen stand. Es war nicht ganz deutlich, ob T. mit dem Hund nur spaßte und über ihm seine Frau vernachlässigte oder ob er ernstlich selbst von dem Hund angegriffen war oder ob er schließlich den Hund von uns abhalten wollte.

Tagebuch, 8. Dezember 1911

In diesem Traum, der mit einer Erinnerung an Paris einsetzt, kommt ein weiteres Mitglied der Lemberger Theatertruppe (vgl. Nr. 6) vor: Mania Tschissik (eigentlich Czyzyk; 1881–1976), die Kafka im Prager Café Savoy gesehen hatte, wo sie u.a. mit Jizchak Löwy und ihrem Mann Emanuel Tschissik (im Traum wohl »Herr T.«; 1867–?) auftrat. Mania Tschissik hatte einen tiefen Eindruck bei Kafka hinterlassen; sowohl am 22. Oktober als auch am 7. November 1911 schreibt er im Tagebuch von seiner »Liebe« zu ihr, bis Anfang 1912 wird sie häufig erwähnt, Kafka bringt ihr Blumen und beschreibt ihre Auftritte genau.

---

11 Ein Hund lag mir auf dem Leib, eine Pfote nahe beim Gesicht, ich erwachte davon, aber hatte noch ein Weilchen Furcht, die Augen aufzumachen und ihn anzusehn.

Tagebuch, 13. Dezember 1911

Dieser Traum ist genau im Übergang von der Traum- zur Wachphase angesiedelt, einem Bereich, den Kafka, »auf dem Kanapee« liegend (vgl. Nr. 31), immer wieder festzuhalten versucht hat.

Vor dem Einschlafen hatte ich gestern die zeichne- 12
rische Vorstellung einer für sich bergähnlich in der Luft abgesonderten Menschengruppe, die mir in ihrer zeichnerischen Technik vollständig neu und einmal erfunden leicht ausführbar schien. Um einen Tisch war eine Gesellschaft versammelt, der Erdboden verlief etwas weiter als der Menschenkreis, von allen Leuten aber sah ich vorläufig mit einer großen Gewalt des Blickes nur einen jungen Mann in altertümlichem Kleid. Den linken Arm hatte er auf dem Tisch aufgestützt, die Hand hieng lose über seinem Gesicht, das spielerisch zu jemandem aufschaute, der sich besorgt oder fragend über ihn bückte. Sein Körper besonders das rechte Bein war mit nachlässiger Jugendlichkeit gestreckt, er lag mehr als er saß. Die zwei deutlichen Linienpaare, welche die Beine begrenzten, kreuzten und verbanden sich leicht zu den Grenzlinien des Körpers. Mit schwacher Körperlichkeit wölbten sich zwischen diesen Linien die bleich gefärbten Klei-

der. Vor Erstaunen über diese schöne Zeichnung die mir im Kopfe eine Spannung erzeugte, die meiner Überzeugung nach dieselbe undzwar dauernde Spannung war, von der, wann ich wollte, der Bleistift in der Hand geführt werden könnte, zwang ich mich aus dem dämmernden Zustand heraus, um die Zeichnung besser durchdenken zu können. Da fand sich allerdings bald, daß ich mir nichts anderes vorgestellt hatte, als eine kleine Gruppe aus grauweißem Porcellan.

Tagebuch, 16. Dezember 1911

Dieser Traum, in dem die genaue Beschreibung einer Menschengruppe in erster Linie über das Zeichnen erfolgt, ist ein Hinweis auf Kafkas »Doppelbegabung«, von der Max Brod schreibt: »Niemand hat es bisher für nötig gehalten, sich mit Kafkas Doppelbegabung zu befassen, die Parallelen zwischen zeichnerischer und erzählerischer Vision zu verfolgen. [...] Wie in seiner Dichtung ist Kafka auch in seinen Zeichnungen ebenso sehr gewissenhafter Realist [...] wie zugleich Schöpfer einer Phantasiewelt.«

Traum vor kurzem: Ich fuhr mit meinem Vater 13
durch Berlin in der Elektrischen. Das Großstädtische war vorgestellt von unzähligen regelmäßig aufrechtstehenden zweifarbig gestrichenen, am Ende stumpf abgeglätteten Schlagbäumen. Sonst war alles fast leer, aber das Gedränge dieser Schlagbäume war groß. Wir kamen vor ein Tor, stiegen ohne es zu fühlen aus, traten durch das Tor ein. Hinter dem Tor stieg eine sehr steile Wand aufwärts, die mein Vater fast tanzend erstieg, die Beine flogen ihm dabei so leicht wurde es ihm. Es lag sicher auch einige Rücksichtslosigkeit darin, daß er mir gar nicht half, denn ich kam nur mit der äußersten Mühe, auf allen Vieren, häufig wieder zurückrutschend hinauf, als sei die Wand unter mir steiler geworden. Peinlich war dabei auch, daß sie mit Menschendreck bedeckt war, so daß mir Flocken davon vor allem auf der Brust hängen blieben. Ich sah sie mit geneigtem Gesicht an und fuhr mit der Hand darüber hin. Als ich endlich oben war, flog mir gleich mein Vater, der schon aus dem Innern eines Gebäudes kam, an den Hals und küßte und drückte mich. Er hatte einen mir aus der Erinnerung gut bekannten altmodischen, kurzen, im innern sophaartig gepolsterten Kaiserrock an. »Dieser Dr. von Leyden! Das ist doch ein ausgezeichneter Mensch« rief er immer wieder. Er hatte ihn aber durchaus nicht als Arzt besucht sondern nur als ken-

nenswerten Mann. Ich hatte ein wenig Angst, daß ich auch zu ihm hineinmüßte, es wurde aber nicht verlangt. Links hinter mir sah ich in einem förmlich mit lauter Glaswänden umgebenen Zimmer einen Mann sitzen, der mir den Rücken zuwandte. Es zeigte sich, daß dieser Mann der Sekretär des Professors war, daß mein Vater tatsächlich nur mit ihm gesprochen hatte und nicht mit dem Professor selbst, daß er aber irgendwie durch den Sekretär hindurch die Vorzüge des Professors leibhaftig erkannt hatte, so daß er in jeder Hinsicht zu einem Urteil über den Professor genau so berechtigt war, wie wenn er persönlich mit ihm gesprochen hätte.

Tagebuch, 6. Mai 1912

Kafkas Eindrücke der Stadt Berlin stammten von einer Reise, die er Anfang Dezember 1910 unternommen hatte, um die restlichen Urlaubstage zu verwenden, die wegen seiner verfrühten Abreise aus Paris (vgl. Nr. 2) noch übrig waren. Diese Reise hatte er allerdings allein, nicht in Begleitung seines Vaters Hermann Kafka (1852–1931) unternommen. Andernfalls wäre es vielleicht keine Vergnügungsreise geworden: Kafkas Verhältnis zu seinem Vater war, wie man nicht nur aus dem Brief an den Vater *weiß, nicht einfach. Geprägt war es unter anderem von Kafkas Empfinden seiner eigenen kör-*

perlichen Unterlegenheit – Hinweise darauf finden sich in Texten und Dokumenten bis in die allerletzte Lebensphase. Auch in diesem Traum ist es dem Sohn nahezu unmöglich, dem Vater zu folgen, der nicht daran denkt, ihm zu helfen. Dass dieser es im Traum zudem nicht für nötig hält, einen Mediziner »als Arzt« zu besuchen, also einer möglichen Krankheit wegen, sondern »nur als kennenswerten Mann«, passt ins Bild.

Ernst von Leyden (1832–1910), renommierter Arzt der Berliner Charité, war während Kafkas Berlin-Besuch im Dezember 1910 unter großem öffentlichem Interesse begraben worden. Es ist sehr wahrscheinlich, dass Kafka zumindest die Zeitungsberichte darüber wahrgenommen hat. Ein persönlicher Kontakt Leydens zur Familie Kafkas ist nicht belegt und unwahrscheinlich.

Ich träume, daß ich Goethe deklamieren höre, mit 14
einer unendlichen Freiheit und Willkür.

Reisetagebuch, 10. Juli 1912

Die Tage von 29. Juni bis 6. Juli 1912 hatte Kafka zusammen mit Brod in Weimar verbracht. Es war eine Erholungsreise, die jedoch von zahlreichen Be-

suchen literarischer Gedenkorte geprägt war, darunter in erster Linie die Häuser Goethes am Frauenplan und im Ilmpark, wo Kafka zudem, wie Max Brod berichtet, mit Margarethe Kirchner, der Tochter des Verwalters, »kokettierte«.

Am 7. Juli verließ Kafka Weimar allein – Brod musste zurück nach Prag – und begab sich in »Justs Jungborn«, ein Naturheilsanatorium, am Nordrand des Harzes in Sachsen-Anhalt gelegen, wo er bis zum 29. Juli bleiben sollte.

Der Traum belegt neben zahlreichen anderen Texten und Dokumenten die Bedeutung Goethes für Kafka, eine, so sein Biograph Reiner Stach, »traumhafte, irreale beinahe familiäre Nähe« zum Klassiker, aber auch, welch tiefen Eindruck die Reise hinterlassen hatte.

15 Ein Traum: Die Luftbadgesellschaft vernichtet sich mittelst einer Rauferei. Nachdem die in zwei Gruppen geteilte Gesellschaft mit einander gespaßt hat, tritt aus der einen Gruppe einer vor und ruft der andern zu: »Lustron und Kastron!« Die andern: »Wie? Lustron und Kastron?« Der eine: »Allerdings.« Beginn der Rauferei.

Reisetagebuch, 15. Juli 1912

Als Kafka diesen Traum aufschrieb, befand er sich nach wie vor in »Justs Jungborn« (vgl. Nr. 14). Die beschriebene Szene hat demnach einen unmittelbaren Bezug zu seiner Umgebung: Das »Luftbaden« – eine Übung, bei der der Körper über einen bestimmten Zeitraum der frischen Luft ausgesetzt wurde, so wie beim Wasserbad dem Wasser – wurde im Sanatorium in voneinander mit hohen Planken getrennten Männer- und Frauenbereichen betrieben. Während die anderen Männer dabei offenbar unbekleidet waren, behielt Kafka eine Hose an: »Heute früh: Waschen, Müllern [eine nach dem Dänen Jens Peter Müller benannte Turnmethode, die Kafka auch zuhause jahrelang täglich betrieb; Anm. MM], gemeinsames Turnen (ich heiße der Mann mit den Schwimmhosen), Singen einiger Choräle, Ballspiel im großen Kreis.«

Ich werde schwer aufzuschütteln sein und bin doch unruhig. Als ich heute nachmittag im Bett lag und jemand einen Schlüssel im Schloß rasch umdrehte, hat ich einen Augenblick lang Schlösser auf dem ganzen Körper wie auf einem Kostümball und in kurzen Zwischenräumen wurde einmal hier einmal dort ein Schloß geöffnet oder zugesperrt. 16

Tagebuch, 30. August 1912

Der August 1912 war zum einen von Kafkas literarischen Arbeiten geprägt, zum andern von einer unerwarteten Begegnung: Am 13. August 1912 hatte er in der Wohnung der Familie Brod deren entfernte Verwandte Felice Bauer (1887–1960) kennengelernt. Sie lebte in Berlin, arbeitete in verantwortlicher Position bei einer Firma, die Plattenspieler und Diktiergeräte herstellte, und war nur zu Besuch in Prag. Es gab bei diesem Familientreffen kaum Zeit, einander kennenzulernen, und als Kafka sie schließlich noch zu ihrem Hotel begleitete, war auch Brods Vater anwesend.

Einige Wochen nach dem Treffen begann Kafka ihr zu schreiben, es folgten ein intensiver, sich über mehrere Jahre erstreckender Briefwechsel – »insgesamt 511 Briefe, Postkarten und Brieffragmente, die zusammen nahezu 700 Druckseiten füllen« (Reiner Stach) – und zwei Verlobungen, allerdings nie die erhoffte Heirat.

Kafkas wohl intensivste Schreibphase und sein literarischer Durchbruch decken sich mit den ersten Monaten der Bekanntschaft mit Felice Bauer: So war der ursprüngliche Grund, weshalb er am 13. August zu den Brods gekommen war, dass er mit Max Brod seinen ersten Erzählband Betrachtung *einer Endredaktion unterziehen wollte; außerdem arbeitete er seit Monaten am Roman* Der

Verschollene *(vgl. Nr. 17). Kurz nach seinem ersten Brief an Felice Bauer schrieb er in der Nacht vom 22. zum 23. September 1912* Das Urteil.

Ein Traum: Ich befand mich auf einer aus Qua- 17
dern weit ins Meer hineingebauten Landzunge. Ir-
gendjemand oder mehrere Leute waren mit mir,
aber das Bewußtsein meiner selbst war so stark,
daß ich von ihnen kaum mehr wußte, als daß ich
zu ihnen sprach. Erinnerlich sind mir nur die er-
hobenen Knie eines neben mir Sitzenden. Ich wuß-
te zuerst nicht eigentlich wo ich war, erst als ich
mich einmal zufällig erhob, sah ich links vor mir
und rechts hinter mir, das weite klar umschrie-
bene Meer mit vielen reihenweise aufgestellten,
fest verankerten Kriegschiffen. Rechts sah man
Newyork, wir waren im Hafen von Newyork. Der
Himmel war grau aber gleichmäßig hell. Ich dreh-
te mich frei, der Luft von allen Seiten ausgesetzt
auf meinem Platze hin und her, um alles sehn zu
können. Gegen Newyork zu, gieng der Blick ein
wenig in die Tiefe, gegen das Meer zu gieng er
empor. Nun bemerkte ich auch, daß das Wasser
neben uns hohe Wellen schlug und ein ungeheu-
erer fremdländischer Verkehr sich auf ihm abwi-

ckelte. In Erinnerung ist mir nur, daß statt unserer Flöße lange Stämme zu einem riesigen runden Bündel zusammengeschnürt waren, das in der Fahrt immer wieder mit der Schnittfläche je nach der Höhe der Wellen mehr oder weniger auftauchte und dabei auch noch der Länge nach sich in dem Wasser wälzte. Ich setzte mich, zog die Füße an mich, zuckte vor Vergnügen, grub mich vor Behagen förmlich in den Boden ein und sagte: Das ist ja noch interessanter als der Verkehr auf dem Pariser Boulevard.

Tagebuch, 11. September 1912

Das Interesse Kafkas an Amerika setzte wohl schon vor der Jahrhundertwende ein, wovon einige Bemerkungen zeugen. Im Dezember 1911 war daraus eines seiner größten literarischen Projekte geworden: Er hatte mit der Arbeit an seinem Amerika-Roman Der Verschollene *begonnen. An der ersten Fassung schrieb Kafka noch während seines Aufenthalts im Sanatorium »Justs Jungborn«. Amerika war also im Sommer 1912 sehr präsent, auch wenn von den in den Monaten davor entstandenen »etwa 200« Manuskriptseiten, von denen er im März 1913 Felice Bauer berichtet, nichts erhalten ist.*

Den Traum, der im Hafen von New York situiert ist, dürfte Kafka nach dem Abbruch dieser frühen

Fassung gehabt haben, und vor dem Beginn der Arbeit an der eigentlichen, bis heute erhaltenen Fassung, mit deren Niederschrift Kafka am 25. September 1912 beginnen sollte. Im darin enthaltenen Romananfang mit der Ankunft Karl Roßmanns in New York finden sich Analogien zum Traumnotat. So wie in Der Verschollene *»die freien Lüfte« um »die Freiheitsgöttin« wehen, so ist hier das Ich des Traums »der Luft von allen Seiten ausgesetzt«, während es sich, wie die reale Freiheitsstatue, »auf einer aus Quadern weit ins Meer hineingebauten Landzunge« befindet.*

Der »Verkehr auf dem Pariser Boulevard« verweist wieder auf die Paris-Reisen im Oktober 1910 und September 1911 (vgl. Nr. 2).

Ich schlafe jetzt immer regelrecht bis ¼9 und ich 18
habe auch richtig den Auftrag gegeben, daß man mich heute um 7 Uhr schon weckt, und man hat mich auch um 7 geweckt, wie ich beim endgültigen Aufwachen um ¼9 dunkel mich erinnern konnte. Aber dieses Aufwecken hat mich nicht mehr gestört, als meine jetzt wütend deutlichen Träume. (Gestern habe ich z. B. ein rasendes Gespräch mit Paul Ernst gehabt, es ging Schlag auf Schlag, er

war dem Vater von Felix ähnlich. Von Morgen ab wird er täglich 2 Geschichten schreiben)

An Max Brod, 16. November 1912

Der Traum ist Teil eines Briefs, den ein zerknirschter Kafka an seinen Freund Brod schickte, nachdem beide kurz zuvor wegen Kafkas Unpünktlichkeit gestritten hatten.

Im »wütend deutlichen Traum«, von dem er Brod trotzdem schreibt, tritt der Autor Paul Ernst (1866–1933) auf, den die beiden im Zuge ihres Weimar-Aufenthalts im Juli besucht hatten.

Beim »Vater von Felix«, dem Paul Ernst ähneln soll, handelt es sich wohl um den Geschäftsmann Heinrich Weltsch (1856–1936), den Vater von beider engem Freund Felix Weltsch (1884–1964).

---

19 Vorgestern in der Nacht träumte ich zum zweitenmal von Dir. Ein Briefträger brachte mir 2 Einschreibebriefe von Dir undzwar reichte er mir sie, in jeder Hand einen, mit einer prachtvoll präcisen Bewegung der Arme, die wie die Kolbenstangen einer Dampfmaschine zuckten. Gott, es waren Zauberbriefe. Ich konnte soviel beschriebene Bogen aus den Umschlägen ziehn, sie wurden nicht leer. Ich

stand mitten auf einer Treppe und mußte die gelesenen Bogen, nimm es mir nicht übel, auf die Stufen werfen, wollte ich die weitern Briefe aus den Umschlägen herausnehmen. Die ganze Treppe nach oben und unten war von diesen gelesenen Briefen hoch bedeckt und das lose aufeinander gelegte elastische Papier rauschte mächtig.

An Felice Bauer, 17. November 1912

Zum Zeitpunkt dieses Briefs, in dem Kafka Felice Bauer (vgl. Nr. 16) berichtet, er habe »zum zweiten Mal« von ihr geträumt – der erste Traum wurde nur erwähnt, aber nicht aufgeschrieben –, waren die beiden einander noch nicht erneut persönlich begegnet. Bis zum zweiten Treffen sollte es bis zum 23. März 1913 dauern. Umso wichtiger wurden die Briefe. In diesem Zusammenhang wird der Traum verständlich: Kafka, der oft zwei, manchmal drei Briefe täglich schrieb, wartete ebenso oft auf Post aus Berlin. Mit dem Eintreffen gleich zweier Einschreibebriefe von Felice erfüllt sich im Traum ein Wunsch.

Der Brief, in dem der Traum aufgeschrieben wurde, endet übrigens mit Kafkas Bemerkung, dass er »noch heute […] eine kleine Geschichte niederschreiben werde, die mir in dem Jammer im Bett eingefallen ist und mich innerlichst bedrängt«. Diese in derselben Nacht begonnene »kleine Geschichte«, die ihn bis Anfang Dezember beschäftigen sollte, ist Die Verwandlung.

---

20 Liebste ich habe heute wohl während des ganzen Schlafes von Dir geträumt, erinnerlich sind mir aber nur zwei Träume. Ich habe mich gleich nach dem Erwachen trotz starken Widerstandes bemüht, sie zu vergessen, denn es waren schreckliche Wahrheiten aufdringlich und überdeutlich in ihnen, so wie sie in dem mattern Tagesleben niemals zum Durchbruch kommen können. Ich will sie nur ganz oberflächlich und kurz erzählen, trotzdem sie sehr verwickelt und voll Details waren, die noch jetzt in mir drohen. Der erste knüpfte an Deine Bemerkung an, daß Ihr direkt aus dem Bureau telegraphieren könnt. Ich konnte also aus meinem Zimmer auch direkt telegraphieren, der Apparat stand sogar neben meinem Bett, wohl ähnlich, wie Du den Tisch zum Bett zu rücken pflegst. Es war ein besonders stacheliger Apparat und ich fürchtete mich, so wie ich mich vor dem Telephonieren fürchte, auch vor diesem Telegraphieren. Aber Telegraphieren mußte ich Dir in irgend einer übergroßen Sorge um Dich und in einem wilden, mich gewiß aus dem Bett aufreißenden Verlangen nach einer augenblicklichen

Nachricht von Dir. Glücklicherweise war sofort meine jüngste Schwester da und begann für mich zu telegraphieren. Meine Sorge um Dich macht mich erfinderisch, leider nur im Traum. Der Apparat war derart konstruiert, daß man nur auf einen Knopf drücken mußte und sofort erschien auf dem Papierbändchen die Antwort aus Berlin. Ich erinnere mich, wie ich starr vor Spannung auf das zuerst sich ganz leer abwickelnde Bändchen sah, trotzdem dies nicht anders zu erwarten war, denn solange man Dich in Berlin nicht zum Apparat geholt hatte, konnte ja keine Antwort kommen. Was war das für eine Freude, als die ersten Schriftzeichen auf dem Bändchen erschienen; ich hätte eigentlich aus dem Bett fallen müssen, als so stark habe ich die Freude in der Erinnerung. Es kam nun ein richtiger Brief, den ich ganz genau lesen konnte, an dessen größten Teil ich mich vielleicht sogar erinnern könnte, wenn ich dazu Lust hätte. So will ich nur sagen, daß ich in dem Brief in lieber mich beglückender Weise wegen meiner Unruhe ausgescholten wurde. Ich wurde ein »Nimmersatt« genannt und es wurden die Briefe und Karten aufgezählt, die ich in der letzten Zeit bekommen hatte oder die auf dem Wege waren.

Im zweiten Traum warst Du blind. Ein Berliner Blindeninstitut hatte einen gemeinsamen Ausflug in ein Dorf gemacht, in dem ich mit meiner

Mutter auf Sommerfrische wohnte. Wir bewohnten ein hölzernes Häuschen, dessen Fenster mir genau in der Erinnerung ist. Dieses Häuschen lag inmitten eines großen auf einem Abhang gelegenen Gutskomplexes. Vom Häuschen aus links war eine Glasveranda, in welcher der größte Teil der blinden Mädchen untergebracht war. Ich wußte, daß Du unter ihnen seist und hatte den Kopf voll unklarer Pläne, wie ich es anstellen könnte, Dir zu begegnen und mit Dir zu reden. Immer wieder verließ ich unser Häuschen, überschritt die Planke, die vor der Tür über den morastigen Boden gelegt war, und kehrte, ohne Dich gesehn zu haben, unentschlossen immer wieder zurück. Auch meine Mutter gieng planlos herum, sie hatte ein sehr einförmiges Kleid, eine Art Nonnentracht, und die Arme an die Brust gelegt, wenn auch nicht gerade gekreuzt. Sie machte Anspruch darauf, von den blinden Mädchen verschiedene Dienstleistungen zu bekommen und bevorzugte in dieser Hinsicht ein Mädchen in schwarzem Kleid, mit rundem Gesicht, dessen eine Wange aber derartig tiefgehend vernarbt war, als wäre sie einmal völlig zerfleischt worden. Die Mutter lobte auch mir gegenüber die Klugheit und Bereitwilligkeit dieses Mädchens, ich sah sie auch eigens an und nickte, dachte aber nur daran, daß sie Deine Kollegin sei und wohl wissen werde, wo Du zu finden wärest. Plötzlich hatte alle verhältnismäßige Ruhe ein Ende, vielleicht wurde zum Aufbruch geblasen, jedenfalls sollte das Institut weitermarschieren. Nun war aber auch mein Entschluß gefaßt und ich lief den Abhang hinunter, durch eine kleine eine Mauer durchbrechende Tür, da ich gesehen zu haben glaubte, daß der Abmarsch sich in dieser Richtung vollziehen werde. Unten traf ich allerdings in Reih und Glied aufgestellt eine Anzahl kleiner blinder Jungen mit ihrem Lehrer. Ich gieng hinter ihnen auf und ab, denn ich dachte jetzt werde das ganze Institut herankommen und ich würde mit Leichtigkeit Dich finden und ansprechen können. Ich hielt mich gewiß ein wenig zu lange hier auf, versäumte auch, mich nach der Art des Abmarsches zu erkundigen und vertrödelte die Zeit, indem ich zusah, wie ein blinder Säugling – in dem Institut waren eben alle Altersstufen vertreten – auf einem steinernen Postament ausgepackt und wieder eingewickelt wurde. Endlich aber schien mir die sonst überall herrschende Stille verdächtig und ich erkundigte mich bei dem Lehrer warum denn das übrige Institut nicht komme. Nun erfuhr ich zu meinem Schrecken, daß hier nur die kleinen Jungen abmarschieren sollten, während alle andern gerade jetzt durch den andern Ausgang ganz oben auf dem Berg sich entfernen. Zum Trost sagte er mir noch – er rief es mir nach, denn ich lief schon wie toll – daß ich noch rechtzeitig ankommen dürfte, da die Gruppierung der blinden Mädchen natürlich lange Zeit in Anspruch nehme. Ich lief also den jetzt ungemein steilen und sonnigen Weg, entlang einer kahlen Mauer, hinauf. In der Hand hielt ich plötzlich ein riesiges österreichisches Gesetzbuch, das zu tragen mir sehr beschwerlich war, das mir aber irgendwie dabei behilflich sein sollte, Dich zu finden und richtig mit Dir zu reden. Auf dem Weg aber fiel mir ein, daß Du ja blind seist, daß daher mein Aussehn und äußerliches Benehmen den Eindruck, den ich auf Dich machen werde, glücklicherweise nicht beeinflussen könne. Nach dieser Überlegung hätte ich das Gesetzbuch als eine unnötige Last am liebsten weggeworfen. Endlich kam ich oben an, es war tatsächlich noch Zeit in Hülle und Fülle, das erste Paar hatte das Eingangsportal noch gar nicht verlassen. Ich stellte mich also bereit, sah Dich im Geiste im Gedränge der Mädchen schon herankommen, die Augenlider gesenkt, steif und still.

Da erwachte ich, ganz heiß und darüber verzweifelt, dass Du soweit von mir entfernt bist.

An Felice Bauer, 7./8. Dezember 1912

Wieder träumt Kafka von der Kommunikation mit Felice Bauer. Diesmal soll ihr Brief aus einem Tele-

graphen kommen, den Kafka sich kaum zu bedienen getraut. Diese Aufgabe übernimmt schließlich seine jüngste Schwester Ottilie (kurz: Ottla; 1892–1944), eine seiner wichtigsten Bezugspersonen und das ihm am nächsten stehende Familienmitglied. Doch trotz dieser technischen Hürden zeigt der Traum eine mögliche Lösung für ein zentrales Problem des Vielschreibers, der stets unter zu langem Warten auf Antworten litt: »Der Traum entwirft eine Wunschmaschine«, so Peter-André Alt, »die den Schreibprozess schnell, automatisch und widerspruchsfrei gestaltet.« Dass Kafka sich auch im realen Leben vor dem Telefonieren fürchtete, ist übrigens verbrieft.

Auch der zweite Traum steht im Zusammenhang mit der Entfernung zwischen den beiden und der Angst, wie denn ein Treffen ablaufen könnte. Hier ist Felice Bauer blind – was im Traum paradoxerweise eine Erleichterung bedeutet, weil »daher mein Aussehn und äußerliches Benehmen den Eindruck, den ich auf Dich machen werde, glücklicherweise nicht beeinflussen kann.«

21 Den alten Traum soll ich noch erzählen? Warum gerade den alten, da ich doch fast jede Nacht von Dir träume? Denke nur, heute nacht habe ich Verlobung mit Dir gefeiert. Es sah schrecklich, schrecklich unwahrscheinlich aus und ich weiß auch nicht mehr viel davon. Die ganze Gesellschaft saß in einem halbdunklen Zimmer an einem langen Holztisch, dessen schwarze Platte von keinem Tuch bedeckt war. Ich saß unten am Tisch zwischen unbekannten Leuten, Du standest aufrecht, genug weit von mir entfernt, weiter oben, schief mir gegenüber. Ich legte vor Verlangen nach Dir den Kopf auf den Tisch und spähte zu Dir hinüber, Deine Augen, die auf mich gerichtet waren, waren dunkel, aber in der Mitte jedes Auges war ein Punkt, der glänzte wie Feuer und Gold. Dann zerstreute sich mir der Traum, ich bemerkte, wie das bedienende Dienstmädchen hinter dem Rücken der Gäste eine dickflüssige Speise, die es in einem braunen Töpfchen zu servieren hatte, verkostete und den Löffel wieder in die Speise steckte. Darüber gerieth ich in die größte Wut und führte das Mädchen – es stellte sich nun heraus, daß das ganze in einem Hotel stattfand und daß das Mädchen eine Hotelangestellte war – hinunter in die ungeheueren Geschäftsräume des Hotels, wo ich bei den maßgebenden Personen über das Benehmen des Mädchens Klage führte, ohne

übrigens viel zu erreichen. Dann verlief sich der Traum in maßlosen Reisen und maßloser Eile. Was sagst Du dazu? Den alten Traum habe ich aber eigentlich noch klarer im Kopf als diesen, aber heute erzähle ich ihn nicht mehr.

An Felice Bauer, 3./4. Jänner 1913

Mit dem »alten Traum« könnte der allererste gemeint sein, den Kafka von Felice Bauer geträumt, den er ihr jedoch nicht erzählt hatte (vgl. Nr. 19).

Eine Verlobung mit Felice Bauer, wie Kafka sie sich hier erträumt, sollte erst einige Zeit später, dann aber gleich zweimal erfolgen: zuerst zu Pfingsten 1914, und ein zweites Mal im Juli 1916.

Sehr spät, Liebste, und doch werde ich schlafen 22
gehn, ohne es zu verdienen. Nun, ich werde ja auch nicht schlafen, sondern nur träumen. Wie gestern z. B. wo ich im Traum zu einer Brücke oder einem Quaigeländer hinlief, zwei Telephonhörmuscheln, die dort zufällig auf der Brüstung lagen, ergriff und an die Ohren hielt und nun immerfort nichts anderes verlangte, als Nachrichten vom »Pontus« zu hören, aber aus dem Telephon nichts und nichts zu hören bekam, als einen traurigen mächtigen wort-

losen Gesang und das Rauschen des Meeres. Ich begriff wohl, daß es für Menschenstimmen nicht möglich war, sich durch diese Töne zu drängen, aber ich ließ nicht ab und gieng nicht weg.

An Felice Bauer, 22./23. Jänner 1913

Wieder handelt ein Traum, den Kafka Felice Bauer berichtet, von einem Kommunikationsproblem. Diesmal ist es ein Telefon, aus dem nichts Verständliches kommt, obwohl Kafka auf »Nachrichten vom ›Pontus‹« wartet – ein deutlicher Bezug zu Ovid, dessen epistulae ex ponto *(übersetzt:* Briefe vom Schwarzen Meer*) Nachrichten aus dem Exil sind. Kafka bleiben, so könnte man schließen, derlei Nachrichten jedoch verschlossen; das moderne Medium lässt keine verständlichen Inhalte zu ihm durch.*

---

23 Kaum hast Du unsere Zusammenkunft in Berlin beschrieben, habe ich schon von ihr geträumt. Vielerlei, aber ich weiß kaum mehr etwas Deutliches darüber zu sagen, nur das allgemeine Gefühl einer Mischung von Trauer und Glück habe ich noch von jenem Traum in mir. Wir giengen auch auf der Gasse spazieren, die Gegend ähnelte merkwürdig dem Altstädter Ring in Prag, es war nach 6 Uhr

abends (möglicherweise war dies die wirkliche Zeit des Traumes), wir giengen zwar nicht eingehängt aber wir waren einander noch näher, als wenn man eingehängt ist. Ach Gott es ist schwer auf dem Papier die Erfindung zu beschreiben, die ich gemacht hatte, um nicht eingehängt, nicht auffällig und doch ganz nahe bei Dir zu gehn; damals, als wir über den Graben giengen, hätte ich es Dir zeigen können, nur dachten wir damals nicht daran. Du eiltest geradeaus ins Hotel und ich stolperte zwei Schritte von Dir entfernt auf dem Trottoirrand vorwärts. Wie soll ich es also nur beschreiben, wie wir im Traum gegangen sind! Während beim bloßen Einhängen sich die Arme nur an zwei Stellen berühren und jeder einzelne seine Selbständigkeit behält, berührten sich unsere Schultern und die Arme lagen der ganzen Länge nach aneinander. Aber warte, ich zeichne es auf. Eingehängtsein ist so:  Wir aber giengen so: 

An Felice Bauer, 11./12. Februar 1913

Ein geplantes Zusammentreffen in Berlin war zu dieser Zeit ein bestimmendes Thema des Briefwechsels zwischen Kafka und Felice Bauer – offen-

bar hatte sie ihm in ihrem vorangegangenen Brief bereits den Ablauf dieses geplanten Treffens beschrieben. Kafkas Traum bebildert das Spazierengehen mit Felice, und danach scheint ihm die Sprache zu wenig Möglichkeiten zu bieten, um genau zu beschreiben, was er geträumt, wie er mit Felice gegangen war. Der Ausweg, zu zeichnen, was er nicht in Worte fassen konnte, zeigt, wie Andreas Kilcher meint, »ein überraschendes Primat des Zeichnens gegenüber dem Schreiben bei dem Versuch, ein Bild – ein Traumbild – zu vermitteln«. Und es erinnert daran, dass Kafka zumindest eine Zeitlang ebenso Zeichner wie Schriftsteller war (vgl. Nr. 12).

---

24 Das Fenster war offen, ich sprang in meinen zerworfenen Gedanken viertelstundenlang ununterbrochen aus dem Fenster, dann kamen wieder Eisenbahnzüge und einer hinter dem andern fuhr über meinen auf den Schienen liegenden Körper und vertiefte und verbreiterte die zwei Schnitte im Hals und in den Beinen.

An Felice Bauer, 28. März 1913

Kafka war am 22. März nach Berlin gereist, hatte Felice Bauer am darauffolgenden Wochenende zum ersten Mal seit dem flüchtigen Kennenlernen im August 1912 getroffen, sie waren im Grunewald spazieren gegangen. Am 25. März musste Kafka nach Prag zurück, am 26. auf eine anstrengende Dienstreise nach Aussig, und am 27. kam er spätabends wieder zuhause an.

Der Brief, in dem er diesen Traum – eine Selbstmordphantasie – notierte, ist von Müdigkeit und Erschöpfung geprägt.

In der vorletzten oder vorvorletzten Nacht träumte 25
ich fortwährend von Zähnen; es waren nicht Zähne im Gebiß geordnet, sondern es war eine Masse genau, wie in den Geduldspielen der Kinder zusammengefügter Zähne die alle unter einander von meinen Kiefern gelenkt in schiebender Bewegung waren. Ich wandte alle Kraft an, um etwas zum Ausdruck zu bringen, was mir vor allem andern am Herzen lag; die Bewegungen dieser Zähne, die Lücken zwischen ihnen, ihr Knirschen, das Gefühl wenn ich sie lenkte – alles hatte irgendeine genaue Beziehung zu einem Gedanken, einem Entschlusse, einer Hoffnung, einer Möglichkeit, die ich durch dieses ununterbrochene Beißen erfassen, halten, verwirklichen wollte. Ich gab mir solche Mühe,

manchmal schien es möglich, manchmal dachte ich, ich wäre mitten im Erfolg, und als ich früh endgültig aufwachen sollte, schien es mir beim halben Öffnen der Augen, alles sei gelungen, die Arbeit der langen Nacht sei nicht vergeblich gewesen, die endgültige unveränderliche Zusammenstellung der Zähne habe eine zweifellose glückbringende Bedeutung, und es kam mir unbegreiflich vor, daß ich das während der Nacht nicht längst erkannt hatte und so hoffnungslos gewesen war, ja gemeint hatte, das deutliche Träumen schade dem Schlaf. Dann aber wurde ich gänzlich wach [...].

An Felice Bauer, 3./4. April 1913

Zähne beschäftigten Kafka in dieser Zeit auch in der Realität, und zwar das an vielen Stellen korrigierte Gebiss Felice Bauers: Bei den ersten Treffen mit ihr (und das allererste seit dem Kennenlernen hatte kaum zwei Wochen vor diesem Traum stattgefunden) musste er, wie er später, im Mai 1914, an Grete Bloch (vgl. Nr. 32) schrieb, »vor F.'s Zähnen die Augen senken, so erschreckte mich dieses glänzende Gold (an dieser unpassenden Stelle ein wirklich höllenmäßiger Glanz) und das graugelbe Porzellan. Später sah ich, wenn es nur angieng, absichtlich hin, um nicht daran zu vergessen, um mich zu quälen und um mir schließlich zu glauben, daß das alles wirklich wahr sei.«

Letzthin habe ich übrigens ganz wild durcheinander von Dir, von Max und seiner Frau geträumt. Wir waren in Berlin und fanden unter anderem alle Grunewaldseen, die Du mir in Wirklichkeit gar nicht zeigen konntest, mitten in der Stadt einen hinter dem andern. Vielleicht war ich bei dieser Entdeckung allein, ich wollte wahrscheinlich zu Dir gehn, verirrte mich fast mutwillig, sah irgendwelche merkwürdige grauschwarze undeutbare Erscheinungen von einem Quai aus, fragte einen Vorübergehenden um Auskunft, erfuhr daß es die Grunewaldseen waren und daß ich, zwar mitten in der Stadt, aber doch sehr weit von Dir entfernt war. Dann waren wir auch in Wannsee, wo es Dir nicht gefallen hat (diese wirkliche Bemerkung lag mir während dieses Träumens immerfort in den Ohren) man trat durch eine Gittertür wie in einen Park oder einen Friedhof und erlebte vieles, für dessen Erzählung schon zu spät ist. Ich müßte auch zu sehr in mir bohren, um mich daran noch zu erinnern. 26

An Felice Bauer, 11. April 1913

Dieser Traum, drei Wochen nach der Berlin-Reise aufgeschrieben, nimmt das Motiv des Grunewald-Spaziergangs mit Felice Bauer noch einmal auf. Dass Max Brod und seine Frau Elsa (1883–1942) dabei sind, entsprach nicht der Realität: Die Brods hatten im Februar 1913 geheiratet, Kafka war damit sein bis dahin üblicher Reisebegleiter abhandengekommen. Auf der Berlin-Reise begleiteten ihn die Schriftsteller Otto Pick (1887–1940) und František Khol (1877–1930).

---

27 Immerfort die Vorstellung eines breiten Selchermessers das eiligst und mit mechanischer Regelmäßigkeit von der Seite her in mich hineinfährt und ganz dünne Querschnitte losschneidet, die bei der schnellen Arbeit fast eingerollt davonfliegen.

Tagebuch, 4. Mai 1913

Von 10. bis 12. Mai 1913 sollte Kafka erneut nach Berlin reisen und über das Pfingstwochenende bleiben, an dem die Verlobung von Felice Bauers Bruder Ferdinand (1884–1952) stattfand. Kafka war sowohl zur Verlobung und zum Empfang bei den Schwiegereltern des Bräutigams als auch in die Wohnung der Bauers eingeladen.

Von Vorfreude kann nicht direkt die Rede sein: Eine Woche vorher scheint er sich in diesem traumartigen Text selbst zu foltern; Reiner Stach rückt die Tagebucheintragung in die Nähe von Kafkas Selbstmordphantasien.

Das Notat wird von Manfred Engel als »Halbschlaf-Halluzination« eingestuft und von Kafka selbst nicht (wie in Tagebüchern und Briefen sonst meist üblich) als »Traum« ausgewiesen.

Heute habe ich im Traum ein neues Verkehrsmittel 28
für einen abschüssigen Park erfunden. Man nimmt einen Ast, der nicht sehr stark sein muß, stemmt ihn schief gegen den Boden, das eine Ende behält man in der Hand setzt sich möglichst leicht darauf, wie im Damensattel, der ganze Zweig rast dann natürlich den Abhang hinab, da man auf dem Ast sitzt wird man mitgenommen und schaukelt behaglich in voller Fahrt auf dem elastischen Holz. Es findet sich dann auch eine Möglichkeit, den Zweig zum Aufwärtsfahren zu verwenden. Der Hauptvorteil liegt abgesehen von der Einfachheit der ganzen Vorrichtung darin, daß der Zweig dünn und beweglich wie er ist, er kann ja gesenkt und gehoben werden nach Bedarf überall durchkommt, wo selbst ein Mensch allein schwer durchkäme

*

Durch das Parterrefenster eines Hauses an einem um den Hals gelegten Strick hineingezogen und ohne Rücksicht wie von einem der nicht acht gibt, blutend und zerfetzt, durch alle Zimmerdecken, Möbel, Mauern und Dachböden hinaufgerissen werden, bis oben auf dem Dach die leere Schlinge erscheint, die meine Reste erst beim Durchbrechen der Dachziegel verloren hat.

*

[...] Dieser Flaschenzug im Innern. Ein Häkchen rückt vorwärts, irgendwo im Verborgenen, man weiß es kaum im ersten Augenblick, und schon ist der ganze Apparat in Bewegung. Einer unfaßbaren Macht unterworfen, so wie die Uhr der Zeit unterworfen scheint, knackt es hier und dort und alle Ketten rasseln eine nach der andern ihr vorgeschriebenes Stück herab.

Tagebuch, 21. Juli 1913

Im Juni 1913, kurze Zeit nach seinem (weitgehend frustrierend verlaufenen) Berlin-Aufenthalt am Pfingstwochenende, hatte Kafka Felice Bauer brieflich zum ersten Mal gefragt, ob sie seine Frau werden wolle. Sie hatte zugestimmt. In der Folge handelten die Briefe Kafkas daher auch von den weiteren Vorbereitungen für die Heirat, vor allem der Einbeziehung der Eltern in die Pläne. Ein zentraler Punkt war ein ausführliches Schreiben Kafkas an Felice Bauers Vater Carl Bauer (1856–1914), das er am 20. Juli zwar abschloss, aber noch nicht abschickte. Stattdessen zeigte er es seiner Mutter, die am 21. Juli 1913 ein Detektivbüro damit beauftragte, die Familie Bauer zu durchleuchten.

Vor diesem Hintergrund klagt Kafka einmal mehr über Schlaflosigkeit. Unmittelbar vor den Notaten, die zwischen Traum und Halbschlafphantasien eingeordnet werden können, schreibt er ins Tagebuch: »Ich kann nicht schlafen. Nur Träume kein Schlaf.«

Das Verkehrsmittel, das Kafka hier erträumt (und in ähnlicher Form ein weiteres Mal, vgl. Nr. 55), erinnert an den Apparat des Kübelreiters in der gleichnamigen, 1917 entstandenen Erzählung.

Mitten in der Nacht bekam ich in meiner Hilflosigkeit einen förmlichen Irrsinnsanfall, die Vorstellungen ließen sich nicht mehr beherrschen, alles gieng auseinander, bis mir in der größten Not die Vorstellung eines schwarzen Napoleonischen Feldherrnhutes zu Hilfe kam, der sich über mein Bewußtsein stülpte und es mit Gewalt zusammenhielt. Dabei 29 klopfte das Herz geradezu prächtig und ich warf die Decke ab, trotzdem das Fenster vollständig offen und die Nacht ziemlich kühl war.

An Felice Bauer, 6. August 1913

Der Brief vom 6. August ist nach Sylt adressiert, wo Felice Bauer ihren Sommerurlaub verbrachte. In den Briefen geht es in dieser Zeit nach wie vor um Kafkas Schreiben an Felices Vater (er wird es erst am 14. August abschicken) sowie um die Frage, ob sie nach ihrem Urlaub nach Prag kommen wolle, um Kafkas Eltern kennenzulernen – was sie ablehnte, weil sie von diesen keine offizielle Einladung erhalten hatte.

Im Verlauf des Urlaubs auf Sylt, der noch mehr als zwei Wochen dauern sollte, schrieb Felice Bauer nur sporadisch, woraufhin Kafka umso mehr drängte. Mit jedem knappen Brief, den er schließlich erhielt, wurde die Unsicherheit größer, ob aus der immer schwieriger werdenden, hauptsächlich per Brief entstandenen und aufrecht erhaltenen Beziehung tatsächlich eine dauerhafte Bindung werden sollte: »Mich überläuft ein Widerwille, Felice, wenn ich daran denken muß, daß Du an einem schönen Morgen, halbwegs frisch ausgeschlafen, in Erwartung eines angenehmen Tages beim Frühstück sitzt und Tag für Tag meine verfluchten Briefe wie Nachrichten aus der Unterwelt Dir überreicht werden. Was soll ich aber tun Felice? Ich fühle in Deinen letzten Briefen und Karten Deine Nähe, Deine Hilfe, Deine überzeugte Entschlossenheit nicht und ohne ihrer sicher zu sein, kann ich nicht die geringste Anknüpfung mit Deinen Eltern vollziehn […].« Einen Tag, nachdem er Felice diesen Vorwurf machte, schrieb er in sein Tagebuch: »Vielleicht ist nun alles zuende und mein gestriger Brief der letzte. Es wäre unbedingt das Richtige. Was ich leiden werde, was sie leiden wird – es ist nicht zu vergleichen mit dem gemeinsamen Leid, das entstehen würde.«

Doch Felice Bauer antwortete mit gleich drei Briefen – und Kafka schickte daraufhin endlich den »offiziellen« Brief an ihren Vater ab (vgl. Nr. 28). Am 27. August 1913 erhielt Kafka schließlich dessen Zustimmung zur Heirat mit Felice Bauer.

Trostlos. Heute im Halbschlaf am Nachmittag: 30
Schließlich muß mir doch das Leid den Kopf sprengen. Und zwar an den Schläfen. Was ich bei dieser Vorstellung sah, war eigentlich eine Schußwunde, nur waren um das Loch herum die Ränder mit scharfen Kanten aufrecht aufgestülpt, wie bei einer wild aufgerissenen Blechbüchse.

Tagebuch, 15. Oktober 1913

Der Tagebucheintrag fällt in eine fast zweimonatige Pause des Briefwechsels zwischen Kafka und Felice Bauer, ausgelöst von beiderseitigen Zweifeln.

Nach der väterlichen Zustimmung zur Heirat war keine Ruhe eingekehrt; vielmehr hatte Kafka erneut an Carl Bauer geschrieben, da er seine eigenen Bedenken nicht ausreichend gewürdigt fühlte. Als Felice sich geweigert hatte, den Brief ihrem Vater zu geben und auf ein persönliches Treffen drängte, war Kafka auf Kur nach Italien gereist, und zwar über einen Umweg: Anfang September musste er zunächst zu einer großen beruflichen Tagung nach Wien, wo er, von Schlaflosigkeit und Kopfschmerzen geplagt, von 6. bis 14. September geblieben und anschließend nach Italien weitergefahren war.

Nachdem der Briefwechsel zu diesem Zeitpunkt bereits fast ganz versiegt war, schrieb Kafka schließlich am 16. September aus Venedig an Felice Bauer: »Wir müssen Abschied nehmen.«

Erst am 13. Oktober war Kafka von seinem Kuraufenthalt in Riva am Gardasee nach Prag zurückgekehrt. Er hatte sich dort in ein Mädchen verliebt, was er Felice Bauer zwei Monate später brieflich beichten sollte.

In einer Mischung aus Selbstvorwürfen, Schlaflosigkeit und Unsicherheit, seine persönliche Zu-

kunft betreffend, träumt Kafka vom Leid, das ihm »den Kopf sprengen« muss.

Ich erhob mich von dem Kanapee, auf dem ich 31
mit hochgezogenen Knien gelegen war, und setzte mich aufrecht. Die Tür die gleich vom Treppenhaus in mein Zimmer führte, öffnete sich und ein junger Mann mit gesenktem Gesicht und prüfendem Blick trat ein. Er machte, soweit es im engen Zimmer möglich war, einen Bogen um das Kanapee und blieb in der Ecke neben dem Fenster im Dunkel stehn. Ich wollte nachsehn, was das für eine Erscheinung war, gieng hin und faßte den Mann beim Arm. Es war ein lebendiger Mensch. Er sah – ein wenig kleiner als ich – lächelnd zu mir hinauf, schon die Sorglosigkeit mit der er nickte und sagte »Prüfen Sie mich nur« hätte mich überzeugen sollen. Trotzdem ergriff ich ihn vorn bei der Weste und hinten beim Rock und schüttelte ihn. Seine schöne starke goldene Uhrkette fiel mir auf, ich packte sie und zerrte sie herunter, daß das Knopfloch zerriß, an dem sie befestigt war. Er duldete es, sah nur auf den Schaden hinunter und versuchte nutzlos den Westenknopf in dem zerrissenen Knopfloch festzuhalten. Was tust Du? sagte

er endlich und zeigte mir die Weste. »Nur Ruhe!« sagte ich drohend.

Ich fieng an im Zimmer herumzulaufen, aus Schritt kam ich in Trab, aus Trab in Galopp, immer wenn ich den Mann passiert, erhob ich gegen ihn die Faust. Er sah mir gar nicht zu sondern arbeitete noch immer an seiner Weste. Ich fühlte mich sehr frei, schon meine Atmung gieng in außergewöhnlicher Weise vor sich, meine Brust fühlte nur in den Kleidern ein Hindernis sich riesenhaft zu heben.

Tagebuch, 26. Oktober 1913

Das Kanapee war ein zentraler Ort in Kafkas Tagesablauf. Hier verbrachte er täglich mehrere Stunden zwischen Nachmittag und Abend und versuchte zu schlafen. Da ihm dies meist nicht gelang, war er in dieser Zeit oft in einem Halbschlaf-Dämmerzustand versunken und, trotz aller Klagen über seine Schlaflosigkeit, hochkonzentriert und ganz für sich. Der Weg vom Kanapee zum Schreibtisch, und damit vom Denken und Träumen zum Schreiben, war nicht weit.

Traum: Auf einem ansteigenden Weg lag etwa in 32
der Mitte der Steigung undzwar hauptsächlich in der Fahrbahn von unten gesehn links beginnend Unrat oder festgewordener Lehm, der gegen rechts hin durch Abbröckelung immer niedriger geworden war, während er links hoch wie Palissaden eines Zaunes stand. Ich gieng rechts wo der Weg fast frei war und sah auf einem Dreirad einen Mann von unten mir entgegenkommen und scheinbar geradewegs gegen das Hindernis fahren. Es war ein Mann wie ohne Augen zumindest sahen seine Augen wie verwischte Löcher aus. Das Dreirad war wackelig, fuhr zwar entsprechend unsicher und gelockert, aber doch geräuschlos, fast übertrieben still und leicht. Ich faßte den Mann im letzten Augenblick, hielt ihn als wäre er die Handhabe seines Fahrzeugs und lenkte dieses in die Bresche durch die ich gekommen war. Da fiel er gegen mich hin, ich war nun riesengroß und hielt ihn doch nur in einer gezwungenen Haltung, zudem begann das Fahrzeug als sei es nun herrenlos zurückzufahren, wenn auch langsam und zog mich mit. Wir kamen an einem Leiterwagen vorüber auf dem einige Leute gedrängt standen, alle dunkel gekleidet, unter ihnen war ein Pfadfinderjunge mit hellgrauem aufgekrempelten Hut. Von diesem Jungen, den ich schon aus einiger Entfernung erkannt hatte, erwar-

tete ich Hilfe, aber er wendete sich ab und drückte sich zwischen die Leute. Dann kam hinter diesem Leiterwagen – das Dreirad rollte immer weiter und ich mußte tief hinabgebückt mit gespreizten Beinen nach – jemand mir entgegen, der mir Hilfe brachte, an den ich mich aber nicht erinnern kann. Nur das weiß ich, daß es ein vertrauenswürdiger Mensch war, der sich jetzt wie hinter einem schwarzen ausgespannten Stoff verbirgt und dessen Verborgensein ich achten soll.

Tagebuch, 17. November 1913

Dieser Traum findet sich als einziger sowohl im Tagebuch als auch in einem Brief. In die komplizierte Beziehung zwischen Kafka und Felice Bauer hatte sich im Oktober 1913 eine Freundin von Felice, Grete Bloch (1892–1944), eingeschaltet. Sie wandte sich an Kafka, um zwischen den beiden zu vermitteln. Den Traum hatte Kafka eine Woche nach einer frustrierenden Berlin-Reise, während der er Felice Bauer kaum begegnet war.

Am Ende des Traums erscheint ein »vertrauenswürdiger Mensch«. Als Kafka denselben Traum einen Tag später in einem Brief an Grete Bloch auch ihr mitteilt, fehlt genau der Satz ab »Nur das weiß ich«, der dieses Ende enthält. »Nur dieser jedoch macht deutlich«, so Manfred Engel, »daß Kafka sich im Traum einen Helfer in der Beziehung zu Felice Bauer wünscht und diesen in Grete Bloch [...] gefunden zu haben glaubt. Der Traum-Brief ist so recht eigentlich eine Bitte um Hilfe – aber so verklausuliert, daß die Empfängerin sie wohl nicht verstehen konnte.«

Traum: Das französische Ministerium, vier Männer, sitzt um einen Tisch. Es findet eine Beratung statt. Ich erinnere mich an den an der rechten Längsseite sitzenden Mann mit einem im Profil flach gedrückten Gesicht, gelblicher Hautfarbe, weit vorspringender (infolge des Plattgedrücktseins) so weit vorspringender ganz gerader Nase und einem ölig schwarzen, den Mund überwölbenden, starken Schnurrbart. 33

Tagebuch, 21. November 1913

Es ist unklar, welches »französische Ministerium« Kafka meint. Neben der problematischen Beziehung zu Felice Bauer und der beginnenden Korrespondenz mit Grete Bloch ist er in diesen Tagen auch im Kino: Nur einen Tag vor diesem Traum findet sich im Tagebuch die berühmte Eintragung »Im Kino gewesen. Geweint.«

34 Traum gegen Morgen: Ich sitze im Garten eines Sanatoriums beim langen Tisch, sogar am Kopfende, so daß ich im Traum eigentlich meinen Rücken sehe. Es ist ein trüber Tag, ich muß wohl einen Ausflug gemacht haben und bin in einem Automobil, das im Schwung bei der Rampe vorfuhr, vor kurzem angekommen. Man soll gerade das Essen auftragen, da sehe ich eine der Bedienerinnen, ein junges zartes Mädchen, in sehr leichtem oder aber schwankendem Gang, mit einem Kleid in Herbstblätterfarben, durch die Säulenhalle, die als Vorbau des Sanatoriums diente herankommen und in den Garten herabsteigen. Ich weiß noch nicht, was sie will, aber zeige doch fragend auf mich, um zu erfahren, ob sie mich meine. Sie bringt mir wirklich einen Brief. Ich denke das kann nicht der Brief sein, den ich erwarte, es ist ein ganz dünner Brief und eine fremde dünne unsichere Schrift. Aber ich öffne ihn und es kommt eine große Anzahl dünner vollbeschriebener Papiere heraus, allerdings ist auf allen die fremde Schrift. Ich fange zu lesen an, blättere in den Papieren und erkenne daß es doch ein sehr wichtiger Brief sein muß und offenbar von F.'s jüngster Schwester ist. Ich fange mit Begierde zu lesen an, da sieht mir mein rechter Nachbar, ich weiß nicht ob Mann oder Frau, wahrscheinlich ein Kind, über meinen Arm in den Brief. Ich schreie: »Nein!«

Die Tafelrunde nervöser Leute fängt zu zittern an. Ich habe wahrscheinlich ein Unglück angerichtet. Ich versuche mit einigen raschen Worten mich zu entschuldigen, um wieder gleich lesen zu können. Ich beuge mich auch wieder zu meinem Brief, da erwache ich unweigerlich, wie von meinem eigenen Schrei geweckt. Ich zwinge mich bei klarem Bewußtsein mit Gewalt wieder in den Schlaf zurück, die Situation zeigt sich tatsächlich wieder, ich lese noch rasch zwei drei nebelhafte Zeilen des Briefes, von denen ich nichts behalten habe und verliere im weitern Schlaf den Traum.

Tagebuch, 24. November 1913

In diesem Traum, der wieder von einem Kommunikationsproblem ausgeht, vom Warten auf einen Brief und Erhalten eines falschen, spielt Felice Bauers jüngste Schwester eine Rolle: Erna Bauer (1886–1972) war eines der Familienmitglieder, die Kafka bei seiner Berlin-Reise zu Pfingsten 1913 kennengelernt hatte. Eine (kurze) Briefkorrespondenz mit ihr setzte allerdings erst später ein, nach der ersten Entlobung mit Felice Bauer im Sommer 1914.

35 Träume: In Berlin, durch die Straßen, zu ihrem Haus, das ruhige glückliche Bewußtsein, ich bin zwar noch nicht bei ihrem Haus, habe aber die leichte Möglichkeit hinzukommen, werde bestimmt hinkommen. Ich sehe die Straßenzüge, an einem weißen Haus eine Aufschrift etwa »Die Prachtsäle des Nordens« (gestern in der Zeitung gelesen) im Traum hinzugefügt »Berlin W«. Frage einen leutseligen rotnasigen alten Schutzmann, der in einer Art Dieneruniform diesmal steckt. Bekomme überausführliche Auskunft, sogar ein Geländer einer kleinen Rasenanlage in der Ferne wird mir gezeigt, an das ich der Sicherheit halber mich anhalten soll, wenn ich vorüberkomme. Dann Ratschläge betreffend die Elektrische, die Untergrundbahn u. s. w. Ich kann nicht mehr folgen und frage erschrocken, wohl wissend, daß ich die Entfernung unterschätze: »Das ist wohl ½ Stunde weit?« Er aber, der alte Mann, antwortet: »Ich bin dort in 6 Minuten.« Die Freude! Irgend ein Mann, ein Schatten, ein Kamerad begleitet mich immer, ich weiß nicht, wer es ist. Habe förmlich keine Zeit mich umzudrehn, mich seitwärts zu wenden. – Wohne in Berlin in irgend einer Pension, in der scheinbar lauter junge polnische Juden wohnen; ganz kleine Zimmer. Ich verschütte eine Wasserflasche. Einer schreibt unaufhörlich auf einer kleinen Schreibmaschine, wendet

kaum den Kopf, wenn man um etwas bittet. Keine Karte von Berlin aufzutreiben. Immer sehe ich in der Hand eines ein Buch, das einem Plan ähnlich ist. Immer zeigt sich, daß es etwas ganz anderes enthält, ein Verzeichnis der Berliner Schulen, eine Steuerstatistik oder etwas derartiges. Ich will es nicht glauben, aber man weist es mir lächelnd ganz zweifellos nach.

Tagebuch, 13. Februar 1914

Berlin-Reisen waren ein bestimmendes Thema von Kafkas Träumen in dieser Zeit. Zwei Wochen nach diesem Traum war eine weitere geplant – die vierte erst, seit er Felice Bauer kennengelernt hatte. Im Jänner 1914 hatte Kafka sie erneut gefragt, ob sie ihn heiraten wolle, was der kommenden Reise besondere Bedeutung verlieh.

Als Kafka schließlich am 27. Februar nach Berlin reiste, eröffnete ihm Felice Bauer, dass ihre Zuneigung zu ihm nicht für eine Ehe reiche. An Grete Bloch schrieb er daraufhin in einem Brief: »War in Berlin. Es konnte nicht schlimmer sein. Jetzt käme das Pfählen daran.«

36 Gestern erschien mir das weiße Pferd zum erstenmal vor dem Einschlafen, ich habe den Eindruck, als wäre es zuerst aus meinem der Wand zugedrehten Kopf getreten, wäre über mich hinweg und vom Bett hinunter gesprungen und hätte sich dann verloren.

Tagebuch, nach dem 27. Mai 1914

Die Traumszene folgt im Tagebuch dem Beginn einer Erzählung von einem weißen Pferd, die Kafka jedoch wieder abbricht und kritisch kommentiert: »Es hat Sinn, ist aber matt, das Blut fließt dünn, zu weit vom Herzen.«

Offenbar handelt es sich beim im Tagebuch unmittelbar darauffolgend notierten Traum um die Inspiration zur Erzählung.

---

37 Traum heute nachts. Bei Kaiser Wilhelm. Im Schloß Die schöne Aussicht. Ein Zimmer ähnlich wie im »Tabakskollegium«. Zusammenkunft mit Matilde Serao. Leider alles vergessen.

Tagebuch, 2. Dezember 1914

Ein Traum mit mehreren realen Versatzstücken: Mit »Kaiser Wilhelm« ist wohl Wilhelm II. (1859–

1941) gemeint, der von 1888 bis 1918 der letzte deutsche Kaiser war.

Das Berliner Schloss Bellevue (»Die schöne Aussicht«), das vom Kaiserhof genutzt wurde, wurde 1785/86 erbaut, also erst nachdem die Institution des »Tabakskollegiums« wieder abgeschafft worden war.

Zur italienischen Schriftstellerin Matilde Serao (1856–1927) ist keine Verbindung herzustellen – es ist auch nicht bekannt, ob Kafka einen ihrer damals sehr erfolgreichen Romane gelesen hat.

Am selben Tag, an dem Kafka diesen Traum in sein Tagebuch schrieb, nahm er selbst an einer anderen Art von Zusammenkunft Teil: In Franz Werfels Elternhaus las er u.a. diesem und Max Brod die kurz davor fertiggestellte Erzählung In der Strafkolonie *vor.*

Viele Träume. Auftreten einer Mischung von Dir. Marschner und Diener Pimisker. Rote feste Wangen, schwarz gewichster Bart, ebensolches starkes wildes Haar. 38

Tagebuch, 29. September 1915

Robert Marschner war leitender Direktor der AUVA (vgl. Nr. 3), Pimisker wohl einer der Kanzleidiener.

39 Im Halbschlaf lange Esther gesehn, die sich mit der Leidenschaft, die sie meinem Eindruck nach für alles Geistige zu haben scheint, in den Knoten eines Seiles festgebissen hatte und mächtig hin und her im leeren Raum geschwungen wurde wie ein Glockenschlägel (Erinnerung an ein Kinoplakat) – Die beiden Lieblich. Die kleine teuflische Lehrerin, die ich auch im Halbschlaf sah, wie sie jagend im Tanz, in einem kosakenmäßigen aber schwebenden Tanz über einem leicht geneigtem dunkelbraun im Dämmerlicht daliegendem holprigen Backsteinpflaster hinauf und hinab flog.

Tagebuch, 3. November 1915

Im Jänner 1915 wurde in Prag eine »Notschule für galizische Flüchtlingskinder« gegründet, unter den ehrenamtlich tätigen Lehrkräften waren auch Max und Elsa Brod. Durch sie kam Kafka in Kontakt mit den drei aus Lemberg stammenden Schwestern Fanny, Esther und Tilka Reiß, vor allem zu Fanny entwickelte sich ein Vertrauensverhältnis.

Zu den »beiden Lieblich« ist nichts bekannt.

Vor kurzem geträumt: Wir wohnten auf dem Graben in der Nähe des Cafe Kontinental. Aus der Herrengasse bog ein Regiment ein, in die Richtung zum Staatsbahnhof. Mein Vater: »So etwas muß man sehn, solange man dazu imstande ist« und schwingt sich (im braunen Schlafrock des Felix, die ganze Gestalt war eine Vermischung beider) auf das Fenster und spreizt sich draußen mit ausgestreckten Armen auf der sehr breiten, stark abfallenden Fensterbrüstung. Ich packe ihn und halte ihn an den beiden Kettchen, durch welche die Schlafrockschnur gezogen ist. Aus Bosheit streckt er sich noch weiter hinaus, ich spanne meine Kräfte auf das äußerste an, um ihn zu halten. Ich denke daran, wie gut es wäre, wenn ich meine Füße mit Stricken an irgendetwas Festem anbinden könnte um nicht vom Vater mitgezogen zu werden. Allerdings müßte ich, um das zu bewerkstelligen, den Vater wenigstens ein Weilchen lang loslassen und das ist unmöglich. Diese ganze Spannung erträgt der Schlaf – und gar mein Schlaf nicht und ich erwache. 40

Tagebuch, 19. April 1916

Das Café Continental (gegr. 1883, geschl. 1945) war ein wichtiger Treffpunkt der Prager Deutschen. Kafka war hier spätestens ab 1909 immer wieder zu

Gast, gewohnt hat die Familie in der unmittelbaren Nähe allerdings nie.

Begegnungen mit Regimentern waren während des Ersten Weltkriegs im Prager Stadtbild keine Seltenheit.

Bei »Felix« handelt es sich um Felix Hermann (1911–1940), den Sohn seiner Schwester Elli (eigentlich: Gabriele; 1889–1941). Seit Kriegsbeginn wohnte sie mit ihren beiden Kindern bei den Eltern – ihr Ehemann Karl Hermann war als Soldat an der Front. Kafka musste sein Zimmer räumen und zog zunächst in die im Sommer leerstehende Wohnung seiner Schwester Valli (eigentlich: Valerie; 1890–1942), wo er am Proceß-*Roman zu schreiben begann.*

Peter-André Alt schlägt eine Brücke von diesem Traum zu einer »biographischen Urszene« Kafkas, der als Dreijähriger vom Vater im Schlafanzug auf die Pawlatsche getragen wurde, weil er den Nachtschlaf der Eltern gestört hatte.

---

41 Ein Traum: Zwei Gruppen von Männern kämpften mit einander. Die Gruppe zu der ich gehörte, hatte einen Gegner einen riesigen nackten Mann gefangen. Fünf von uns hielten ihn einer beim Kopf, je zwei bei den Armen und Beinen. Leider hatten

wir kein Messer ihn zu erstechen, wir fragten in der Runde eilig, ob ein Messer da sei, keiner hatte eines. Da aber aus irgendeinem Grunde keine Zeit zu verlieren war und in der Nähe ein Ofen stand, dessen ungewöhnlich große gußeiserne Ofentüre rotglühend war, schleppten wir den Mann hin, näherten einen Fuß des Mannes der Ofentüre, bis er zu rauchen begann, zogen ihn dann wieder zurück und ließen ihn ausdampfen, um ihn bald neuerlich zu nähern. So trieben wir es gleichförmig, bis ich nicht nur im Angstschweiß, sondern wirklich zähneklappernd erwachte.

Tagebuch, 20. April 1916

Auf diesen Traum folgt im Tagebuch unmittelbar ein entfernt an das Märchen Hänsel und Gretel *erinnerndes Erzählfragment, das das Motiv der Ofentür aufnimmt.*

Mitgewirkt an der Tageslaune hatte [...] ein grau- 42
enhafter Traum, dessen Merkwürdigkeit darin bestand, daß er nichts Grauenhaftes dargestellt hatte, nur eine gewöhnliche Begegnung mit Bekannten auf der Gasse. An die Einzelheiten erinnere ich mich gar nicht, Du warst glaube ich gar nicht da-

bei. Das Grauenhafte aber lag in dem Gefühl, das ich einem dieser Bekannten gegenüber hatte. Einen Traum von dieser Art hatte ich vielleicht noch gar nicht gehabt.

An Max Brod, 5. Juli 1916

Dieser Traum ist Teil eines Briefs an Max Brod, den Kafka aus Marienbad schrieb. Hier verbrachte er von 2. bis 24. Juli insgesamt drei Wochen, die ersten elf Tage zusammen mit Felice Bauer. Am Ende dieser gemeinsamen Zeit – die längste in der gesamten Beziehung – stand eine erneute Verlobung und der Plan, nach der Hochzeit in Berlin zu leben.

Diese – äußerlich – freudigen Ereignisse änderten allerdings vorerst nichts an Kafkas Schlaflosigkeit und Kopfschmerzen, die, neben dem Traum, seine »Tageslaune« begründeten.

---

43 Traum von Dr. Hanzal, saß hinter seinem Schreibtisch, irgendwie gleichzeitig angelehnt und vorgebeugt, wasserhelle Augen, führt langsam und genau in seiner Art einen klaren Gedankengang aus, höre selbst im Traume kaum etwas von seinen Worten, folge nur dem Methodischen von dem sie getragen werden. War dann auch mit seiner Frau bei-

sammen, sie trug viel Gepäck, spielte erstaunlicher Weise mit meinen Fingern, ein Stück aus dem dicken Filz ihrer Ärmel war herausgerissen, dieser Ärmel, dessen kleinsten Teil ihre Arme ausfüllten, war mit Erdbeeren gefüllt.

Tagebuch, 6. Juli 1916

Emanuel Hanzal (1880–1916), der hier in Kafkas Traum auftritt, war dreieinhalb Monate davor, am 19. März 1916, überraschend gestorben. Hanzal war ein Arbeitskollege Kafkas, der zweimal gleichzeitig mit ihm befördert worden war; der Kontakt zwischen den beiden beschränkte sich nicht ausschließlich auf den beruflichen Bereich.

Folgender Angsttraum: Aus der Portierloge der Anstalt wird mir telephoniert, daß ein Brief für mich dort liegt. Ich laufe hinunter. Finde dort aber nicht den Portier, sondern den Vorstand der Einlaufstelle, in welche regelmäßig die Post zuerst kommt. Verlange den Brief. Der Mann sucht auf dem Tischchen, wo der Brief noch vor einem Augenblick gelegen haben soll, findet ihn aber nicht, sagt, die Schuld habe der Portier, der unberechtigter Weise den Brief dem Briefträger abgenommen hat, statt 44 ihn in die Einlaufstelle geben zu lassen. Jedenfalls muß ich nun auf den Portier warten, sehr lange. Schließlich kommt er, ein Riese an Größe wie an Einfältigkeit. Er weiß nicht, wo der Brief ist. Ich, verzweifelt werde mich beim Direktor beklagen, werde Konfrontation des Briefträgers und Portiers verlangen, bei der sich der Portier verpflichten soll, niemals mehr Briefe anzunehmen. Ich irre halb besinnungslos durch Gänge und Treppen suche vergeblich den Direktor.

An Felice Bauer, 1. Oktober 1916

Wie in den meisten Träumen, von denen Kafka Felice Bauer berichtet, spielt die Kommunikation eine zentrale Rolle: Hier ist es wieder ein Brief, der ihn nicht erreicht, dem er hinterherjagen muss.

Im Sommer 1914 war es in Berlin zu einem Eklat gekommen, als Felice Bauer in Anwesenheit von Grete Bloch und ihrer Schwester Erna Franz Kafka wegen dessen Korrespondenz mit Bloch zur Rede stellte und die Verlobung beendete.

In der Folge war der Kontakt zwischen Kafka und Felice Bauer nie ganz abgerissen, im Jänner 1915 hatte man einander erstmals wieder persönlich getroffen. Trotz des erbarmungslosen Tagebuch-Rückblicks Kafkas auch auf dieses Treffen (»Wir haben mit einander noch keinen einzigen guten Augen-

blick gehabt, während dessen ich frei geatmet hätte.«) war eine gemeinsame Zukunft wieder ein Thema. Anfang Juli 1915 hatten die beiden daraufhin in Karlsbad erstmals einige Tage miteinander verbracht. Die zweite Verlobung wurde ein Jahr später, während eines gemeinsamen Urlaubs in Marienbad, beschlossen.

Nach diesem Marienbader Aufenthalt im Juli waren im Herbst 1916 die alten Zweifel an der Möglichkeit einer dauerhaften Bindung wieder präsent; Kafka schrieb nach wie vor regelmäßig Briefe, Antworten von Felice Bauer trafen jedoch nur sporadisch ein. Folgerichtig wird das Traumnotat im Brief von folgenden Zeilen eingeleitet: »Liebste heute wieder nichts. Schlechte, schlechte Nacht, an der Du zum Teil Schuld, Traumschuld hast.«

Unverbrüchlicher Traum. 45

Sie lief die Landstraße entlang, ich sah sie nicht, ich sass am Feldrand und blickte in das Wasser des kleinen Baches. Sie durchlief die Dörfer, Kinder standen in den Türen, sahen ihr entgegen und sahen ihr nach.

46 Zer[r]issener Traum.

Die Laune eines früheren Fürsten verfügte, das Mausoleum müsse unmittelbar bei den Sarkophagen einen Wächter haben. Vernünftige Männer hatten sich dagegen ausgesprochen, schließlich ließ man den sonst vielfach beengten Fürsten in dieser Kleinigkeit gewähren. Ein Invalide aus einem Krieg des vorigen Jahrhunderts, Witwer und Vater dreier Söhne, die im letzten Krieg gefallen waren, meldete sich für den Posten. Er wurde angenommen und von einem alten Hofbeamten in das Mausoleum begleitet. Eine Waschfrau folgte ihnen beladen mit verschiedenen Dingen, welche für den Wächter bestimmt waren. Bis zur Allee, welche dann geradeaus zum Mausoleum führte, hielt der Invalide trotz seiner Stelze mit dem Hofbeamten gleichen Schritt. Dann aber versagte er ein wenig, hüstelte und begann sein linkes Bein zu reiben. »Nun Friedrich« sagte der Hofbeamte der mit der Waschfrau ein Stück vorausgegangen war und sich nun umsah. »Mich reißt es im Bein« sagte der Invalide und machte eine Fratze »nur einen Augenblick Geduld, das pflegt gleich aufzuhören[«]

Beide: Oxforder Oktavheft 1, Ende November 1916

Nach fast »2 jährigem Nichtschreiben«, über das Kafka in einem Brief an Felice Bauer klagte, begann er wieder literarisch zu arbeiten. Die Voraussetzung dafür bot ein kleines Häuschen im sogenannten Alchimistengässchen am Rande der Prager Burg, das von November ***1916*** *bis August* ***1917*** *von seiner Schwester Ottla angemietet und ihm zur Verfügung gestellt wurde. Hier konnte Kafka in Ruhe, oft auch in der Nacht, schreiben.*

In dieser Wohnung begann Kafka, literarische Texte mit Bleistift in Hefte im Oktav-Format zu schreiben. Diese unterscheiden sich somit auch inhaltlich von den »Quartheften«, deren Einträge später als »Tagebücher« veröffentlicht wurden.

Der größte Teil des ersten »Oktavhefts« ist dem einzigen (unvollendeten) dramatischen Text Kafkas, Der Gruftwächter, *vorbehalten. Eröffnet wird es aber mit den beiden oben abgedruckten Träumen, die in engem Zusammenhang miteinander (und wohl auch mit dem* Gruftwächter-*Fragment) stehen und daher in der vorliegenden Sammlung gemeinsam abgedruckt sind.*

Die beiden kurzen Texte sind, wie einige andere in diesem Buch (vgl. vor allem Nr. 47), an der Grenze zwischen »Traum« und »literarischer Prosa« angesiedelt.

47 Ein Traum

Josef K. träumte:

Es war ein schöner Tag und K. wollte spazieren gehen. Kaum aber hatte er zwei Schritte gemacht, war er schon auf dem Friedhof. Es waren dort sehr künstliche, unpraktisch gewundene Wege, aber er glitt über einen solchen Weg wie auf einem reißenden Wasser in unerschütterlich schwebender Haltung. Schon von der Ferne faßte er einen frisch aufgeworfenen Grabhügel ins Auge, bei dem er Halt machen wollte. Dieser Grabhügel übte fast eine Verlockung auf ihn aus und er glaubte, gar nicht eilig genug hinkommen zu können. Manchmal aber sah er den Grabhügel kaum, er wurde ihm verdeckt durch Fahnen, deren Tücher sich wanden und mit großer Kraft aneinanderschlugen; man sah die Fahnenträger nicht, aber es war, als herrsche dort viel Jubel.

Während er den Blick noch in die Ferne gerichtet hatte, sah er plötzlich den gleichen Grabhügel neben sich am Weg, ja fast schon hinter sich. Er sprang eilig ins Gras. Da der Weg unter seinem abspringenden Fuß weiter raste, schwankte er und fiel gerade vor dem Grabhügel ins Knie. Zwei Männer standen hinter dem Grab und hielten zwischen sich einen Grabstein in der Luft; kaum war K. erschienen, stießen sie den Stein in die Erde und er stand wie festgemauert. Sofort trat aus einem Gebüsch ein dritter Mann hervor, den K. gleich als einen Künstler erkannte. Er war nur mit Hosen und einem schlecht zugeknöpften Hemd bekleidet; auf dem Kopf hatte er eine Samtkappe; in der Hand hielt er einen gewöhnlichen Bleistift, mit dem er schon beim Näherkommen Figuren in der Luft beschrieb.

Mit diesem Bleistift setzte er nun oben auf dem Stein an; der Stein war sehr hoch, er mußte sich gar nicht bücken, wohl aber mußte er sich vorbeugen, denn der Grabhügel, auf den er nicht treten wollte, trennte ihn von dem Stein. Er stand also auf den Fußspitzen und stützte sich mit der linken Hand auf die Fläche des Steines. Durch eine besonders geschickte Hantierung gelang es ihm, mit dem gewöhnlichen Bleistift Goldbuchstaben zu erzielen; er schrieb: »Hier ruht –« Jeder Buchstabe erschien rein und schön, tief geritzt und in vollkommenem Gold. Als er die zwei Worte geschrieben hatte, sah er nach K. zurück; K., der sehr begierig auf das Fortschreiten der Inschrift war, kümmerte sich kaum um den Mann, sondern blickte nur auf den Stein. Tatsächlich setzte der Mann wieder zum Weiterschreiben an, aber er konnte nicht, es bestand irgendein Hindernis, er ließ den Bleistift sinken und drehte sich wieder nach K. um. Nun sah auch K. den Künstler an und merkte, daß dieser in großer Verlegenheit war, aber die Ursache dessen nicht sagen konnte. Alle seine frühere Lebhaftigkeit war verschwunden. Auch K. geriet dadurch in Verlegenheit; sie wechselten hilflose Blicke; es lag ein häßliches Mißverständnis vor, das keiner auflösen konnte. Zur Unzeit begann nun auch eine kleine Glocke von der Grabkapelle zu läuten, aber der Künstler fuchtelte mit der erhobenen Hand und sie hörte auf. Nach einem Weilchen begann sie wieder; diesmal ganz leise und, ohne besondere Aufforderung, gleich abbrechend; es war, als wolle sie nur ihren Klang prüfen. K. war untröstlich über die Lage des Künstlers, er begann zu weinen und schluchzte lange in die vorgehaltenen Hände. Der Künstler wartete, bis K. sich beruhigt hatte, und entschloß sich dann, da er keinen andern Ausweg fand, dennoch zum Weiterschreiben. Der erste kleine Strich, den er machte, war für K. eine Erlösung, der Künstler brachte ihn aber offenbar nur mit dem äußersten Widerstreben zustande; die Schrift war auch nicht mehr so schön, vor allem schien es an Gold zu fehlen, blaß und unsicher zog sich der Strich hin, nur sehr groß wurde der Buchstabe. Es war ein J, fast war es schon beendet, da stampfte der Künstler wütend mit einem Fuß in den Grabhügel hinein, daß die Erde ringsum in die Höhe flog. Endlich verstand ihn K.; ihn abzubitten war keine Zeit mehr; mit allen Fingern grub er in die Erde, die fast keinen Widerstand leistete; alles schien vorbereitet; nur zum Schein war eine dünne Erdkruste aufgerichtet; gleich hinter ihr öffnete sich mit abschüssigen Wänden ein großes Loch, in das K., von einer sanften Strömung auf den Rücken gedreht, versank. Während er aber unten, den Kopf im Genick noch aufgerichtet, schon von der undurchdringlichen Tiefe aufgenommen wurde, jagte oben sein Name mit mächtigen Zieraten über den Stein.

Entzückt von diesem Anblick erwachte er.

Vermutlich zwischen Frühjahr 1916 und Juni 1917

Der Text dürfte, schon wegen der Namensgleichheit der Protagonisten, im Zusammenhang mit dem Roman Der Proceß *stehen, lässt sich diesem aber nicht eindeutig zuordnen.* Ein Traum *könnte daher in zeitlicher Nähe zu* Der Proceß *(1914), aber als eigenständige kurze Prosa konzipiert worden und erst einige Zeit später (ab 1916) fertiggestellt worden sein.*

Bei Ein Traum *handelt es sich somit um keinen eigentlichen Traum, sondern um einen Erzähltext, der von Kafka 1920 in den Band* Ein Landarzt *aufgenommen wurde. Dass sich der Text hier in einer Sammlung von Kafkas Träumen findet, liegt ab-*

gesehen vom Titel einerseits an Aspekten, die auch Kafkas Träumen zugerechnet werden (etwa das Fehlen durchgängiger, logischer Raum- und Zeitstrukturen oder verschiedene märchenhafte Elemente), andererseits daran, dass sich, wie Manfred Engel im Vergleich zwischen Erzählung und Roman festgestellt hat, der Sonderstatus von Träumen in Kafkas Werk zeigt: Im Traum ist es K. – im Gegensatz zum Romanfragment – möglich, Mitleid mit anderen zu empfinden, im Traum bleibt »der Name zurück, während den wachen K. nur die Scham überlebt«. Andererseits markieren zahlreiche Textelemente Ein Traum *als literarischen Text, von der kontinuierlichen Erzählweise bis hin zum klaren Zusammenhang bestimmter Motive und Verhaltensweisen. »Offensichtlich sind also«, so Manfred Engel, »bei Kafka in einem literarischen Traum der Mimesis realer Träume klare Grenzen gesetzt.«*

---

48 »Nein, laß mich, nein laß mich!« so rief ich unaufhörlich die Gassen entlang und immer wieder faßte sie mich an, immer wieder schlugen von der Seite oder über meine Schultern hinweg die Krallenhände der Sirene in meine Brust

Tagebuch, 10. August 1917

Diese Eintragung – eine von drei ähnlich kurzen – notiert Kafka am Vorabend der Nacht, in der er gegen vier Uhr morgens einen Blutsturz erleidet (vgl. Kommentar zu Nr. 52).

Auch dieser Text ist kein eigentlicher Traum (vgl. Nr. 47), Manfred Engel würde von einem Text »mit frei gleitender Phantastik« sprechen.

Der Traum von der kranken Frau, der ich im Krankenwagen diene und die mich auf meine Bitte prügelt. 49

Nachgelassene Schriften und Fragmente
(Fünftes Oxforder Oktavheft), August/September 1917

Eine geträumte Gewaltszene, die irgendwo zwischen Selbstbestrafung (vgl. z.B. Nr. 24) und Masochismus angesiedelt ist, erinnernd an das »Prügler«-Kapitel von Der Proceß.

Traum von Werfel: Er erzählte, er habe in Niederösterreich wo er sich jetzt aufhält, zufällig auf der Gasse einen Mann ein wenig gestoßen, worauf dieser ihn schauerlich ausschimpfte. Die einzelnen Wor- 50 te habe ich vergessen, ich weiß nur, daß »Barbare« drin vorkam (vom Weltkrieg her) und daß es endete mit »Sie proletarischer Turch.« Eine interessante Bildung: Turch Dialektwort für Türke, »Türke« Schimpfwort offenbar noch aus der Tradition der alten Türken-Kriege und Wien-Belagerungen und zudem das neue Schimpfwort »proletarisch«. Charakterisiert gut die Einfältigkeit und Rückständigkeit des Schimpfers, da heute weder »proletarisch« noch »Türke« eigentliche Schimpfwörter sind.

Tagebuch, 19. September 1917

Franz Werfel (1890–1945), 1917 im Kriegspressequartier in Wien tätig, hatte bereits als Gymnasiast an Unternehmungen der einige Jahre älteren Autoren Kafka und Brod teilgenommen. Die Verbindung blieb über die Jahre eng, erst im Juli 1917 hatte man einander in Prag getroffen.

---

51 Traum vom Vater. – Es ist eine kleine Zuhörerschaft (Frau Fanta zur Charakterisierung darunter) vor welcher der Vater eine sociale Reformidee zum erstenmal der Öffentlichkeit mitteilt. Es handelt sich ihm darum, daß diese ausgewählte, insbesondere seiner Meinung nach ausgewählte Zuhö-

rerschaft die Propaganda für die Idee übernimmt. Äußerlich drückt er dies viel bescheidener aus, indem er von der Gesellschaft nur verlangt, sie möge ihm nachher, bis sie alles kennen gelernt hat, Adressen von Personen mitteilen, die sich für sie interessieren und daher zu einer großen öffentlichen Versammlung, die nächstens stattfinden soll eingeladen werden könnten. Mein Vater hat mit allen diesen Leuten noch niemals etwas zu tun gehabt, infolgedessen nimmt er sie übertrieben ernst, hat sich auch ein schwarzes Jakettkleid angezogen und trägt die Idee äußerst genau, mit allen Zeichen des Diletantismus vor. Die Gesellschaft erkennt, trotzdem sie auf einen Vortrag gar nicht vorbereitet war, sofort, daß hier nur eine alte verbrauchte, längst durchgesprochene Idee mit allem Stolz der Originalität vorgebracht wird. Man läßt es den Vater fühlen. Dieser aber hat den Einwand erwartet, aber mit großartiger Überzeugung von der Nichtigkeit dieses Einwands, der ihn selbst aber schon öfters versucht zu haben scheint, trägt er seine Sache mit einem feinen bittern Lächeln noch nachdrücklicher vor. Als er geendet hat, hört man aus dem allgemeinen verdrießlichen Gemurmel, daß er weder von der Originalität noch der Brauchbarkeit seiner Idee überzeugt hat. Es werden sich nicht viele dafür interessieren. Immerhin findet sich hie und da jemand der ihm aus Gutmütigkeit und vielleicht weil er mit mir bekannt ist, einige Adressen angibt. Mein Vater, gänzlich unbeirrt von der allgemeinen Stimmung hat die Vortragspapiere abgeräumt und vorbereitete Häufchen weißer Zettel vorgenommen, um die wenigen Adressen zu notieren. Ich höre nur den Namen eines Hofrates Střižanowski oder ähnlich – Später sehe ich den Vater in der Art wie er mit Felix spielt, auf dem Boden sitzen und sich ans Kanapee lehnen. Erschrocken frage ich ihn was er macht. Er denkt über seine Idee nach.

Tagebuch, 21. September 1917

Berta Fanta (1865–1918) hatte um 1907 einen Philosophenzirkel im Café Louvre begründet, der 1908 (größtenteils) ins Wohnhaus der Familie verlegt wurde. Brod war Mitglied des Zirkels, Kafka nahm gelegentlich an den Treffen teil. In einem Brief an Brod bemerkt er allerdings, dass er »nicht gern« hingehe.

Die ironische Darstellung des in diesen Kreisen ungeübten Vaters lässt darauf schließen, dass es sich um völlig verschiedene Welten handelt, die in Kafkas Traum aufeinanderprallen.

»Felix« ist der Neffe Kafkas, der Sohn seiner Schwester Elli (vgl. Nr. 40).

Lieber Felix nur kurz zum Beweis des Eindrucks, 52
den Deine Kurse auf mich machen, ein heutiger Traum: Es war großartig, d.h. nicht mein Schlaf (der eher sehr schlecht war, wie überhaupt in letzter Zeit; sollte ich abnehmen und der Professor nimmt mich von Zürau weg – was tue ich?) auch nicht der Traum, aber Deine Tätigkeit darin.

Wir trafen uns auf der Gasse, ich war offenbar eben nach Prag gekommen und sehr froh, Dich zu sehn; etwas merkwürdig mager, nervös und professorenhaft-verdreht (so geziert-gelähmt hieltest Du Deine Uhrkette) fand ich Dich allerdings. Du sagtest mir, Du gehest in die Universität wo Du eben einen Kurs abhältst. Ich sagte, ich ginge ungemein gerne mit, nur müsse ich für einen Augenblick in das Geschäft vor dem wir gerade standen (es war etwa am Ende der Langengasse gegenüber dem großen Wirtshaus, das dort ist). Du versprachst auf mich zu warten, aber während ich drin war, überlegtest Du es Dir und schriebst mir einen Brief. Wie ich ihn bekam, weiß ich nicht mehr, aber ich sehe noch die Schrift jenes Briefes. Es hieß darin unter anderem, der Kurs beginne um 3 Uhr, Du könntest nicht länger warten, unter Deinen Zuhörern sei auch Prof. Sauer, den dürftest Du durch Zuspätkommen nicht verletzen, viele Mädchen und Frauen kämen hauptsächlich seinetwegen zu Dir, bliebe er aus, blieben mit ihm 1000de aus (in Worten: tausende). Also müßtest Du eilen.

Ich kam aber rasch nach, traf Dich in einer Art Vorhalle. Irgendein auf dem davor liegenden wüsten freien Feld ballspielendes Mädchen fragte Dich, was Du jetzt machen wirst. Du sagtest, Du hieltest jetzt einen Kurs ab, und nanntest genau was dort gelesen wird, zwei Autoren, Werke und Kapitelnummer. Es war sehr gelehrt, ich habe nur den Namen Hesiod behalten. Von dem 2ten Autor weiß ich nur, daß er nicht Pindar hieß sondern bloß ähnlich aber viel unbekannter, und ich fragte mich, warum Du nicht »wenigstens« Pindar liest.

Als wir eintraten, hatte die Stunde schon begonnen Du hattest sie wohl schon auch eingeleitet und warst nur hinausgegangen, um nach mir zu sehn. Oben auf dem Podium saß ein großes starkes frauenhaftes, unhübsches, schwarzgekleidetes knollennasiges dunkeläugiges Mädchen – Jetzt erinnere ich mich, nicht einmal im Traum wußte ichs: Es war die Schwester von Oskar, nur ein wenig schlanker und viel größer – und übersetzte Hesiod. Ich verstand gar nichts. Ich fühlte mich (offenbar in Erinnerung an Deinen Zuckerkandl-Traum) ganz als Schriftsteller, verglich mein Unwissen mit den ungeheueren Kenntnissen dieses Mädchens und sagte zu mir öfters: »Kläglich – kläglich!«

Professor Sauer sah ich nicht, aber viele Damen waren da. Zwei Bänke vor mir (diese Damen saßen auffallender Weise mit dem Rücken zum Podium) saß Frau Grubert, sie hatte lange Ringellocken und schüttelte sie, neben ihr war eine Dame, die Du mir als die Holzner (sie war aber jung) erklärtest. In der Reihe vor uns zeigtest Du mir die andere ähnliche Schulinhaberin aus der Herrengasse. Alle diese also lernten von Dir. Unter anderen sah ich noch in der andern Bankabteilung Ottla, mit der ich kurz vorher Streit wegen Deines Kurses gehabt hatte (sie hatte nämlich nicht kommen wollen und nun war sie also zu meiner Befriedigung doch und sogar sehr bald gekommen)

Überall auch von denen welche nur schwätzten wurde von Hesiod gesprochen. Eine gewisse Beruhigung war es für mich, daß die Vorleserin bei unserem Eintritt gelächelt hatte und sich unter dem Verständnis der Zuhörerschaft noch lange nicht vor Lachen fassen konnte. Dabei hörte sie allerdings nicht auf richtig zu übersetzen und zu erklären. Als sie mit ihrer Übersetzung fertig war und Du den eigentlichen weitern Vortrag beginnen solltest, beugte ich mich zu Dir, um aus Deinem Buch mitzulesen, sah aber zu meinem größten Erstaunen, daß Du nur eine zerlesene schmutzige Reklamausgabe vor Dir hattest, den griechischen Text hattest Du also – erhabener Gott! – »inne«. Dieser Ausdruck kam mir aus Deinem letzten Brief zu Hilfe.

Jetzt aber – vielleicht weil ich einsah, daß ich unter diesen Umständen der Sache nicht weiter folgen könne – wurde das Ganze undeutlicher, Du nahmst ein wenig das Aussehn eines meiner früheren Mitschüler an (den ich übrigens sehr gern gehabt hatte, der sich erschossen hat und der, wie mir jetzt einfällt, auch eine kleine Ähnlichkeit mit der vorlesenden Schülerin gehabt hat) also Du veränderst Dich und es begann ein neuer Kurs, weniger detailliert, ein Musikkurs, den ein kleiner schwarzer rotbackiger junger Mann leitete. Er war einem entfernten Verwandten von mir ähnlich, welcher (bezeichnend für meine Stellung zur Musik) Chemiker und wahrscheinlich verrückt ist.

Das war also der Traum, bei weitem der Kurse noch nicht würdig, ich lege mich jetzt zu einem vielleicht noch eindringlicheren Kurs-Traum nieder.

An Felix Weltsch, zwischen 22. und 25. Oktober 1917

Dieser Traum, der den gesamten Brief an Felix Weltsch (1884–1964) füllt, wurde von Kafka in Zürau (Siřem), etwa 70 Kilometer nordwestlich von Prag, aufgeschrieben. Er befand sich seit dem 12. September 1917 hier auf einem Bauernhof, den sein Schwager Karl Hermann (Ellis/Gabrieles Ehe-

mann) gepachtet hatte, der aber von Kafkas jüngster Schwester Ottla seit April 1917 bewirtschaftet wurde. Der Aufenthalt in Zürau diente vor allem Erholungszwecken: Am 11. August 1917 hatte Kafka frühmorgens einen Blutsturz erlitten, gleichbedeutend mit dem Ausbruch seiner Tuberkulose. In Zürau sollte Kafka mit kurzen Unterbrechungen bis Ende April 1918 bleiben.

Felix Weltsch zählte zu Kafkas engstem Freundeskreis, er war Bibliothekar, Philosoph und Schriftsteller und hielt in Prag regelmäßig Vorlesungsreihen und Kurse zu philosophischen, politischen und literaturwissenschaftlichen Themen ab.

August Sauer (1855–1926), Professor für Germanistik an der Deutschen Karl-Ferdinands-Universität in Prag, war Kafka von seinem kurzen Versuch, Germanistik zu studieren, her bekannt – und wohl einer der Gründe dafür, dass Kafka das Studium schnell wieder aufgab. Ob Sauer Weltschs Vorlesungen besuchte, ist nicht bekannt.

»Oskar« ist Oskar Baum (1883–1941), ein weiteres Mitglied des Freundeskreises um Kafka, Brod und Weltsch; welche der zwei Schwestern Baums gemeint sein könnte, ist nicht eruierbar.

Was Kafka ironisch als »Zuckerkandl-Traum« bezeichnet, zielt wohl auf eine Bemerkung Weltschs in einem früheren Brief ab, wonach ein Hofrat Zu-

ckerkandl von einem Buch Kafkas begeistert gewesen sei.

Weitere von Kafka geträumte Zuhörerinnen von Weltschs Vortrag waren Ottla, Kafkas Schwester, und Lydia Holzner, die Leiterin einer Privatschule für Mädchen in Prag.

Bei Kafkas Mitschüler, »der sich erschossen hat«, dürfte es sich um Camill Gibian (1883–1905) handeln. Dieser »begleitete Kafka«, wie Hartmut Binder berichtet, »der ihn sehr gern hatte, durch die gesamte Schulzeit«.

Der »entfernte Verwandte« und Chemiker schließlich dürfte Karl Pollak (1887–1942) gewesen sein, ein Bruder Josef Pollaks (1882–1942), des Ehemanns von Kafkas Schwester Valli/Valerie.

---

53 Traum von der Schlacht am Tagliamento: Eine Ebene, Fluß eigentlich nicht vorhanden, viele sich drängende, aufgeregte Zuschauer, bereit, je nach der Lage, vorwärts oder zurückzulaufen. Vor uns Hochebene, deren Rand, abwechselnd leer und mit hohem Gesträuch bewachsen, man sehr deutlich sieht. Oben auf der Hochebene und jenseits ihrer kämpfen Österreicher. Man ist in Spannung; wie wird es werden? Zwischendurch sieht man, offen-

bar um sich zu erholen, vereinzelte Gebüsche auf dunklem Abhang, hinter denen hervor ein oder zwei Italiener schießen. Das ist aber bedeutungslos, wir allerdings laufen schon ein wenig. Dann wieder die Hochebene: Österreicher laufen den leeren Rand entlang, bleiben mit einem Ruck hinter den Sträuchern stehn, laufen wieder. Es geht offenbar schlecht, es wird auch unbegreiflich, wie es jemals gut gehen könnte, wie kann man, da man doch auch nur ein Mensch ist, Menschen, die den Willen haben sich zu wehren, jemals überwältigen. Große Verzweiflung, allgemeine Flucht wird nötig werden. Da erscheint ein preußischer Major, der übrigens die ganze Zeit über mit uns die Schlacht beobachtet hat, aber wie er jetzt ruhig in den plötzlich leer gewordenen Raum tritt, ist er eine neue Erscheinung. Er steckt zwei Finger von jeder Hand in den Mund und pfeift, so wie man einem Hund pfeift, aber liebend. Das Zeichen gilt seiner Abteilung, die unweit gewartet hat und jetzt vormarschiert. Es ist preußische Garde, junge stille Leute, nicht viele, vielleicht nur eine Kompagnie, alle scheinen Offiziere zu sein, wenigstens haben sie lange Säbel, die Uniformen sind dunkel. Wie sie nun an uns mit kurzen Schritten, langsam, gedrängt vorbeimarschieren, hie und da uns ansehn, ist die Selbstverständlichkeit dieses Todesganges gleichzeitig rührend, erhebend und siegverbürgend. Erlöst durch das Eingreifen dieser Männer erwache ich.

Tagebuch, 10. November 1917

Kafka träumte von der Schlacht am Tagliamento, als dort im Zuge des Ersten Weltkriegs gerade die österreichisch-ungarischen und deutschen Truppen gegen die italienischen kämpften – und Mitte November 1917 Gebietsgewinne erzielten, was ein großes Thema in den Tageszeitungen war, die Kafka während seines Aufenthalts in Zürau eifrig las.

Kafka wurde während des Kriegs zweimal gemustert und für tauglich befunden, und beide Male wollte er offenbar einrücken, wurde aber nach Interventionen der AUVA aufgrund seiner »kriegswichtigen Tätigkeit« in der Versicherungsanstalt vom Kriegsdienst freigestellt. In diesem Zusammenhang ist das Ende des Traums interessant: Er, der nicht dabei sein kann, ist »durch das Eingreifen dieser Männer« erlöst.

Natürlich bist Du jetzt übertrieben beschäftigt das 54
sehe ich besser ein als Du, und jede Woche, nicht unter dem Schutz eines Amtes, sondern allein unter persönlicher Verantwortung, vor Leute zu treten, die auf ihrer Forderung bestehn, Wesentliches von Dir zu erfahren, und denen Du selbst dieses Recht in jeder Hinsicht gibst, – das ist etwas sehr Großes, fast Geistliches. Ich stehe so unter dem Eindruck dessen, daß ich wieder davon geträumt habe. Allerdings war es etwas Botanisches, was Du vorgetragen hast (sag's dem Prof. Kraus) irgendeine löwenzahnähnliche Blume oder vielmehr einige von dieser Art hieltest Du dem Publikum entgegen; es waren vereinzelte große Exemplare, die eines über dem andern, vom Podium bis zur Decke, dem Publikum entgegengehalten wurden; wie Du das allein mit Deinen 2 Händen machen konntest, verstand ich nicht. Dann kam von irgendwo aus dem Hintergrunde [...] oder vielleicht aus den Blumen selbst ein Licht und sie strahlten. Auch über das Publikum machte ich einige Beobachtungen, habe sie aber vergessen.

An Felix Weltsch, vermutlich 9. Februar 1918

Der Brief an Weltsch, in dem sich dieser Traum findet, kreist wieder um dessen Kurse (vgl. Nr. 52), die der nach wie vor ihn Zürau wohnende Kafka aus der Ferne interessiert mitverfolgte. Er bittet Weltsch im selben Brief, wie auch schon früher, ihm »die vollständigen Manuskripte« zu schicken.

Auf seine Kurse war Weltsch auch von Oskar Kraus (1872–1942), Professor für Philosophie an der Deutschen Karl-Ferdinands-Universität, angesprochen worden, worauf sich Kafka offenbar bezieht.

55 Lieber Max, letzthin habe ich von Dir geträumt, es war an und für sich kein besonderer Traum, ich habe diesen Traum öfters: ich nehme irgendein Stöckchen oder breche auch nur einen Zweig ab, stoße ihn schief gegen den Boden, setze mich auf ihn, wie die Hexen auf den Besen oder lehne mich auch nur an ihn, wie man sich auf der Gasse an einen Spazierstock lehnt – und das genügt, daß ich in langen flachen Sprüngen weithin fliege, bergauf, bergab, wie ich will. Erschöpft sich die Flugkraft, brauche ich nur einmal wieder gegen den Boden zu stoßen und es geht wieder weiter. Das träume ich also öfters, diesmal aber warst Du irgendwie dabei, hast zugesehn oder hast auf mich gewartet, es war so als wäre es manchmal in den Rudolphinumanlagen. Und nun kam es so, daß ich immer wieder Dich irgendwie schädigen oder wenigstens in

Anspruch nehmen mußte. Es waren zwar nur Kleinigkeiten, einmal verlor ich einen kleinen eisernen Stock der Dir gehörte, und mußte es Dir gestehn, ein andermal ließ ich Dich wegen meines Fliegens lange warten, also doch nur Kleinigkeiten – aber wunderbar war es, mit welcher Güte und Geduld und Stille Du das alles hinnahmst. Entweder – mit dieser Überlegung schloß der Traum – warst Du überzeugt, daß ich es, trotzdem ich es scheinbar so leicht hatte, doch schwer hatte, oder Du hieltest wenigstens an diesem Glauben fest als der einzigen Erklärung meines sonst unbegreiflichen Verhaltens. Und so hast Du mir nicht einmal diese nächtlichen Freuden mit dem kleinsten Vorwurf gestört.

An Max Brod, 1. Februar 1919

Am 22. Jänner 1919 war Kafka nach Schelesen (Želízy), etwa 80 Kilometer nordwestlich von Prag, gereist, hatte sich in der Pension Stüdl einquartiert und sollte hier bis Ende März bleiben.

Der Traum, den er Brod von hier aus berichtet und von dem er betont, er habe ihn »öfters«, erinnert stark an jenen, den er am 21. Juli 1913 in seinem Tagebuch festgehalten hatte (vgl. Nr. 28).

Das Rudolfinum liegt am Moldauufer in der Prager Altstadt, unweit des Alten Jüdischen Friedhofs.

56 Während Du noch im Traum für Deinen Gedanken leidest, fahre ich in einer Troika in Lappland. So war es heute nacht oder vielmehr ich fuhr noch nicht, sondern das Dreigespann wurde angeschirrt. Die Wagendeichsel war ein riesiger Tierknochen und der Kutscher gab mir eine technisch ziemlich geistreiche und auch merkwürdige Erklärung des Troika-Anschirrens. Ich will sie nicht in ihrer ganzen Länge hier erzählen. Ein einheimischer Klang kam dann in das Nordische dadurch, daß meine Mutter, deren Person oder vielleicht nur Stimme dabei war, die Nationaltracht des Mannes beurteilte und erklärte, die Hose sei Papiergewebe und von einer Firma Bondy. Es leitete das offenbar in Erinnerungen vom Vortage über, denn es gibt hier Jüdisches, auch vom Papiergewebe war gesprochen worden auch von einem Bondy.

An Max Brod, 8. Februar 1919

Die Einleitung zu diesem Traum bildet ein Hinweis auf einen Traum Brods über die Situation in Palästina, die ihm offenbar zu schaffen machte.

Am Ende des Traums findet sich ein Hinweis darauf, dass sich der Aufenthalt in Schelesen für Kafka in eine angenehme Richtung entwickelte: Die kryptische Bemerkung »es gibt hier Jüdisches« erklärt er gleich im folgenden Satz des Briefs: »Das

Jüdische ist ein junges Mädchen, hoffentlich nur wenig krank. Eine gewöhnliche und eine erstaunliche Erscheinung.« Es ist dies die erste Erwähnung Julie Wohryzeks (1891–1944), die seine zweite Verlobte werden sollte. Von Felice Bauer hatte Kafka sich bereits im Herbst 1917, nach der Diagnose Tuberkulose, entfernt – sein letzter erhaltener Brief an sie stammt vom 16. Oktober 1917.

In Schelesen sollte Kafka übrigens im selben Jahr noch einmal einige Wochen verbringen: Zwischen 5. und 19. November 1919 entstand hier der Brief an den Vater.

Letzthin habe ich wieder allerdings mittelbar von 57
Dir geträumt. Ich führte in einem Kinderwagen ein kleines Kind herum, dick, weiß und rot (das Kind eines Anstaltsbeamten) und fragte es, wie es heißt. Es sagte: Hlavatá (Name eines andern Anstaltsbeamten) »Und wie mit dem Vornamen?« fragte ich weiter. »Ottla« »Aber« sagte ich staunend »ganz so wie meine Schwester. Ottla heißt sie und hlavatá ist sie auch«. Aber ich meinte das natürlich gar nicht böse, eher stolz.

An Ottla Kafka, 24. Februar 1919

Mit dem »anderen Anstaltsbeamten« könnte Antonín Hlavatý gemeint sein, der in den 1920er Jahren Leiter der Unfallabteilung der AUVA war.

Das tschechische »hlavatá« bedeutet auf Deutsch »dickköpfig«.

---

58 Letzthin habe ich im Traum einen Aufsatz von Dir in der Selbstwehr gelesen. Überschrieben war es: »Ein Brief«, vier lange Spalten, sehr kräftige Sprache. Es war ein an Marta Löwy gerichteter Brief, der sie über eine Krankheit des Max Löwy trösten sollte. Ich verstand nicht eigentlich, warum er in der Selbstwehr stand aber ich freute mich doch sehr.

An Ottla Kafka, 17. April 1920

Der Brief, der diesen Traum enthält, wurde in Meran abgeschickt, wo sich Kafka vom 2. April bis Ende Juni 1920 auf Kur befand.

Die deutschsprachige Prager Zeitschrift Die Selbstwehr. Unabhängige jüdische Wochenschrift *wurde von 1919 bis 1938 von Felix Weltsch herausgegeben.*

Bei der erwähnten Marta dürfte es sich um Kafkas Cousine Martha Löwy (1891–1942) handeln,

Tochter von Richard Löwy (1857–1938), dem Bruder von Kafkas Mutter Julie Kafka (geb. Löwy; 1856–1934), und enge Freundin Ottlas; Max Löwy (1893–1944) war ihr Bruder.

Ich träumte heute von Dir, es war das obige Thema. 59
Wir saßen zu dritt und er machte eine Bemerkung die mir, wie das im Traum so geht, außerordentlich gefallen hat. Er sagte nämlich nicht, daß das Interesse der Frau für die Arbeit und das Wesen des Mannes selbstverständlich oder erfahrungsgemäß sei sondern es »sei historisch nachgewiesen«. Ich antwortete, durch das Interesse für das Allgemeine der Frage von dem besondern Fall ganz abgelenkt: »Ebenso das Gegenteil«

An Ottla Kafka, um den 30. April 1920

Diesen Traum schreibt Kafka seiner Schwester in einem Brief, in dem es vor allem um ihre Zukunftspläne mit Josef David (1891–1963) geht, den sie im Juli 1920 gegen zahlreiche Widerstände (u.a. jene der Eltern) heiraten sollte.

Obwohl David – er ist der »Er« des Traums – nationaltschechisch eingestellt und Katholik war, künftige weitere Konflikte mit der Familie also nicht unwahrscheinlich waren, unterstützte Kafka Ottla in ihrer Entscheidung.

---

60 Letzthin habe ich wieder von Ihnen geträumt, es war ein großer Traum, ich erinnere mich aber fast an gar nichts. Ich war in Wien, davon weiß ich nichts, dann aber kam ich nach Prag und hatte Ihre Adresse vergessen nicht nur die Gasse, auch die Stadt, alles, nur der Name Schreiber tauchte mir noch irgendwie auf, aber ich wußte nicht, was ich damit machen sollte. Sie waren mir also vollständig verloren. In meiner Verzweiflung machte ich verschiedene sehr listige Versuche, die aber, ich weiß nicht warum, nicht ausgeführt wurden und von denen mir nur einer erinnerlich ist. Ich schrieb auf ein Couvert: M. Jesenská und darunter »Ich bitte diesen Brief zuzustellen, da sonst die Finanzverwaltung einen ungeheueren Verlust erleidet.« Durch diese Drohung hoffte ich alle Hilfsmittel des Staates für Ihre Auffindung in Bewegung zu bringen. Schlau? Lassen Sie sich dadurch nicht gegen mich einnehmen. Nur im Traum bin ich so unheimlich.

An Milena Pollak, 11. Juni 1920

Milena Pollak (geb. Jesenská) hatte sich bereits im Herbst 1919 erstmals an Kafka gewandt, da sie plante, seine Texte ins Tschechische zu übersetzen. Nach einem kurzen Treffen in Prag reiste er nach Meran, von dort aus begann am 8. April 1920 ein intensiver Briefwechsel, der zu einer Liebesbeziehung führen sollte.

Der Brief vom 11. Juni ist jener, in dem Kafka am Ende unvermittelt zum Du wechselt.

Heute früh kurz vor dem Aufwachen, es war auch 61
kurz nach einem Einschlafen hatte ich einen abscheulichen um nicht zu sagen fürchterlichen (glücklicherweise verflüchtigt sich der Traumeindruck schnell) also nur einen abscheulichen Traum. Übrigens verdanke ich ihm auch ein wenig Schlaf, aus einem solchen Traum erwacht man erst, wenn er abgelaufen ist, früher sich herauswinden kann man nicht, er hält einen an der Zunge fest.

Es war in Wien, ähnlich wie ich es mir in Wachträumen für den Fall daß ich hinfahren sollte, vorstelle (in diesen Wachträumen besteht Wien nur aus einem kleinen stillen Platz, die eine Seite bildet Dein Haus, gegenüber ist das Hotel in dem ich wohnen werde, links davon steht der Westbahnhof, in dem ich ankomme, links der Franz Josefs Bahnhof, von dem ich wegfahre, ja und im Erdgeschoß meines Hauses ist freundlicher Weise noch eine vegetarische Speisestube, in der ich esse, nicht um zu essen, aber um eine Art Gewicht nach Prag mitzubringen. Warum erzähle ich das? Es gehört nicht eigentlich zum Traum, offenbar habe ich noch immer Angst vor ihm) Genau so war es also nicht, es war die wirkliche Großstadt, gegen Abend, naß, dunkel, ein unkenntlich großer Verkehr; das Haus, in dem ich wohnte, trennte eine lange viereckige öffentliche Gartenanlage von dem Deinen.

Ich war plötzlich nach Wien gekommen, hatte eigene Briefe überholt, die noch auf dem Weg zu Dir waren (das schmerzte mich später besonders.) Immerhin warst Du verständigt und ich sollte Dich treffen. Glücklicherweise (ich hatte aber dabei gleichzeitig auch das Gefühl des Lästigen) war ich nicht allein, eine kleine Gesellschaft, auch ein Mädchen glaube ich, war bei mir, aber ich weiß gar nichts genaueres über sie, sie galten mir gewissermaßen als meine Sekundanten. Wären sie nur ruhig gewesen sie redeten aber immerfort, wahrscheinlich über meine Angelegenheit, mit einander, ich hörte nur ihr nervös machendes Murmeln, verstand aber nichts und wollte auch nichts verstehn. Ich stand rechts von meinem Haus auf dem Trottoirrand und beobachtete Deines. Es war eine niedrige Villa mit einer schönen einfachen rundgewölbten steinernen Loggia vorn in der Höhe des Erdgeschosses.

Nun war es plötzlich Frühstückszeit, in der Loggia war der Tisch gedeckt, ich sah von der Ferne, wie Dein Mann kam, sich in einen Rollstuhl rechts setzte, noch verschlafen war und mit ausgebreiteten Armen sich streckte. Dann kamst Du und setztest Dich hinter den Tisch, so daß man Dich voll sehen konnte. Genau allerdings nicht, es war so weit, die Umrisse Deines Mannes sah man viel bestimmter, ich weiß nicht warum, Du bliebst nur etwas Bläulich-Weißes, Fließendes, Geisterhaftes. Auch Du hattest die Arme ausgebreitet, aber nicht um Dich zu strecken, sondern es war eine feierliche Haltung.

Kurz darauf, nun war aber wieder der frühere Abend, warst Du auf der Gasse bei mir, Du standest auf dem Trottoir, ich mit einem Fuß in der Fahrbahn, ich hielt Deine Hand und nun begann ein unsinnig schnelles, kurzsätziges Gespräch, es gieng klipp klapp und dauerte bis zum Ende des Traums fast ununterbrochen.

Nacherzählen kann ich es nicht, ich weiß eigentlich nur die 2 ersten und die 2 letzten Sätze, das Mittelstück war eine einzige, näher nicht mitteilbare Qual.

Ich sagte statt einer Begrüßung, schnell, durch irgendetwas in Deinem Bericht dazu bestimmt: »Du hast mich Dir anders vorgestellt« Du antwortetest: »Wenn ich aufrichtig sein soll, ich dachte, Du wärest fescher« (eigentlich sagtest Du einen noch wienerischeren Ausdruck, aber ich habe ihn vergessen)

Das waren die ersten 2 Sätze (in diesem Zusammenhang fällt mir ein: weißt Du eigentlich daß ich vollständig, in einer meiner Erfahrung nach überhaupt sonst nicht vorkommenden Vollständigkeit unmusikalisch bin?) nun war ja damit im Grunde alles entschieden, was denn noch? Aber nun begannen die Verhandlungen wegen eines Wiedersehns, allerunbestimmteste Ausdrücke auf Deiner Seite, unaufhörlich drängende Fragen auf meiner.

Jetzt griff meine Begleitung ein, man erzeugte die Meinung, daß ich nach Wien auch deshalb gekommen sei, um eine landwirtschaftliche Schule in der Nähe Wiens zu besuchen, jetzt schien es ja, als ob ich Zeit dazu haben sollte, offenbar wollte man mich aus Barmherzigkeit fortschaffen. Ich durchschaute es, gieng aber doch mit zur Bahn, wahrscheinlich weil ich hoffte, daß so ernsthafte Abfahrts-Absichten auf Dich Eindruck machen würden. Wir kamen alle auf den nahen Bahnhof, aber nun zeigte es sich, daß ich den Namen des Ortes vergessen hatte, wo die Schule sein sollte. Wir standen vor den großen

Fahrplänen, immerfort lief man mit den Fingern die Stationsnamen ab und fragte mich, ob es vielleicht dieser oder jener sei, aber es war keiner von diesen.

Inzwischen konnte ich Dich ein wenig ansehn, übrigens war es mir äußerst gleichgiltig wie Du aussahst, es kam mir nur auf Dein Wort an. Du warst Dir ziemlich unähnlich, jedenfalls viel dunkler, mageres Gesicht, mit runden Wangen hätte man auch nicht so grausam sein können. (Aber war es denn grausam?) Dein Anzug war merkwürdiger Weise aus dem gleichen Stoff wie meiner, war auch sehr männlich und gefiel mir eigentlich gar nicht. Dann aber erinnerte ich mich an eine Briefstelle (den Vers: dvoje šaty mám a přece slušně vypadám) und so groß war die Macht Deines Wortes über mich, daß mir von da an das Kleid sehr gefiel.

Aber nun war das Ende da, meine Begleitung suchte noch die Fahrpläne ab, wir standen abseits und verhandelten. Der letzte Stand der Verhandlung war etwa der: nächsten Tag war Sonntag; es war Dir bis zur Widerlichkeit unbegreiflich, wie ich annehmen konnte, daß Du Sonntag für mich Zeit haben könntest. Schließlich aber gabst Du scheinbar nach und sagtest, daß Du 40 Minuten Dir doch absparen wolltest. (Das Schrecklichste des Gespräches waren natürlich nicht die Worte, sondern der Untergrund, die Zwecklosigkeit des Ganzen, es war auch Dein fortwährendes stillschweigendes Argument: »Ich will nicht kommen. Was kann es dir also helfen, wenn ich doch komme?«) Wann Du aber diese 40 Minuten frei haben würdest konnte ich von Dir nicht erfahren. Du wußtest es nicht; trotz alles scheinbar angestrengten Nachdenkens konntest Du es nicht bestimmen. Schließlich fragte ich: »Soll ich vielleicht den ganzen Tag warten?« »Ja« sagtest Du und wandtest Dich zu einer bereitstehenden, Dich erwartenden Gesellschaft. Der Sinn der Antwort war, daß Du gar nicht kommen werdest und daß das einzige Zugeständnis das Du mir machen könntest, die Erlaubnis sei, warten zu dürfen. »Ich werde nicht warten« sagte ich leise und da ich glaubte, Du hättest es nicht gehört und es doch mein letzter Trumpf war, schrie ich es Dir verzweifelt nach. Aber Dir war es gleichgültig, Du kümmertest Dich nicht mehr darum. Ich wankte irgendwie in die Stadt zurück.

An Milena Pollak, 14. Juni 1920

Kafka hatte mit Milena Pollak vereinbart, von Meran aus direkt nach Wien zu fahren und sie aufzusuchen. Ängste, vergleichbar jenen vor den Treffen mit Felice Bauer, machten sich bemerkbar. Den Brief mit dem langen Wien-Traum verfasste Kafka genau zwei Wochen vor seinem Eintreffen in Wien.

Der Westbahnhof war jener Wiener Bahnhof, an

dem bis Dezember 2015 alle Züge der Westbahn (also auch jene aus Südtirol) ankamen.

Der Franz Josefs-Bahnhof war der Ausgangspunkt für die Züge nach Prag.

Mit »Dein Mann« ist Ernst Pollak (1886–1947) gemeint, mit dem Milena Pollak von 1918 bis 1924 verheiratet war. Pollak, ein Prager Schriftsteller, kannte Kafka u.a. aus dem Café Arco. Milena hatte wegen ihres Mannes Prag verlassen und war in einen heftigen Konflikt mit ihrem Vater geraten, der entschieden gegen einen jüdischen Ehemann seiner Tochter eingestellt war. Ernst Pollak hatte sich sogar mit ihm duellieren wollen.

Bei der »landwirtschaftlichen Schule in der Nähe Wiens« dürfte es sich um die 1860 gegründete Wein- und Obstbauschule Klosterneuburg handeln, die Kafka am 3. September 1918 seiner Schwester Ottla empfahl, nachdem er diverse Prospekte von ähnlichen Instituten angefordert hatte. Im Verlauf des Briefs vergisst Kafka »den Namen der Stadt, in der die Schule sein sollte«, Klosterneuburg, in deren Nähe er fast genau vier Jahre später in einem kleinen Sanatorium sterben sollte.

Der tschechische Satz »Dvoje šaty mám a přece slušně vypadám« bedeutet in deutscher Übersetzung sinngemäß »Ich besitze nur zwei Kleider und sehe doch anständig aus«.

62 Heute früh habe ich wieder von Dir geträumt. Wir saßen neben einander und Du wehrtest mich ab, nicht böse, freundlich. Ich war sehr unglücklich. Nicht über die Abwehr, sondern über mich, der ich Dich behandelte wie eine beliebige stumme Frau und die Stimme überhörte, die aus Dir sprach und gerade zu mir sprach. Oder vielleicht, ich hatte sie nicht überhört, aber ich hatte ihr nicht antworten können. Trostloser als im ersten Traum gieng ich fort.

An Milena Pollak, 15. Juni 1920

In Kafkas Träumen während der Korrespondenz mit Milena Pollak scheint sich manches von dem zu wiederholen, was schon die Briefe an Felice Bauer geprägt hatte: eine Mischung aus Vorfreude und Angst im Vorfeld der persönlichen Begegnungen, eine Mischung aus Enttäuschung und Angst danach.

Dieser Traum ist, wie auch der vorhergehende (vgl. Nr. 61*), vom anvisierten Treffen in Wien geprägt, das zwischen den beiden noch immer nicht endgültig vereinbart war – Kafkas Zusagen wechselten sich mit Bemerkungen ab, ein Besuch sei unwahrscheinlich, weil er »über seine Kräfte« gehe.*

Heute habe ich zum ersten Mal, glaube ich, seit- 63
dem ich in Prag bin, von Dir geträumt. Ein Traum
gegen morgen, kurz und schwer, noch etwas vom
Schlaf erwischt nach böser Nacht. Ich weiß wenig
davon. Du warst in Prag, wir giengen durch die
Ferdinandstraße, etwa gegenüber Vilimek, in der
Richtung zum Quai, irgendwelche Bekannte von
Dir giengen auf der andern Seite vorüber, wir wen-
deten uns nach ihnen um, Du sprachst von ihnen,
vielleicht war auch von Krasa die Rede [er ist nicht
in Prag, das weiß ich, nach seiner Adresse werde
ich mich erkundigen] Du sprachst wie sonst, aber
etwas nicht zu fassendes, nicht aufzuzeigendes von
Abweisung war darin, ich erwähnte nichts davon,
aber verfluchte mich, sprach damit nur den Fluch
aus, der auf mir lag. Dann waren wir im Kaffee-
haus, im Kaffee Union wahrscheinlich (es lag ja
auf dem Weg, auch war es das Kaffeehaus von Rai-
ners letztem Abend) ein Mann und ein Mädchen
saßen an unserem Tisch, an die kann ich mich
aber gar nicht erinnern, dann ein Mann, der Dos-
tojewski sehr ähnlich sah, aber jung, tiefschwarz
Bart und Haar, alles z. B. die Augenbrauen, die
Wülste über den Augen ungemein stark. Dann
warst Du da und ich. Wieder verriet nichts Deine
abweisende Art, aber die Abweisung war da. Dein
Gesicht war – ich konnte von der quälenden Merk-

würdigkeit nicht wegschauen – gepudert, undzwar überdeutlich, ungeschickt, schlecht, es war wahrscheinlich auch heiß und so hatten sich ganze Puderzeichnungen auf Deinen Wangen gebildet, ich sehe sie noch vor mir. Immer wieder beugte ich mich vor um zu fragen, warum Du gepudert bist; wenn Du merktest, daß ich fragen wollte, fragtest Du entgegenkommend – die Abweisung war ja eben nicht zu merken – »Was willst Du?« Aber ich konnte nicht fragen, ich wagte es nicht und dabei ahnte ich irgendwie daß dieses Gepudertsein eine Probe für mich war, eine ganz entscheidende Erprobung, daß ich eben fragen sollte und ich wollte es auch, aber wagte es nicht. So wälzte sich der traurige Traum über mich hin. Dabei quälte mich auch der Dostojewski-Mann. Er war in seinem Benehmen mir gegenüber ähnlich wie Du, aber doch ein wenig anders. Wenn ich ihn etwas fragte, war er sehr freundlich, teilnehmend, herübergebeugt, offenherzig, wußte ich aber nichts mehr zu fragen oder zu sagen – das geschah jeden Augenblick – zog er sich mit einem Ruck zurück, versank in ein Buch, wußte nichts mehr von der Welt und besonders von mir nicht, verschwand in seinem Bart und Haar. Ich weiß nicht, warum mir das unerträglich war, immer wieder – ich konnte nichts anders – mußte ich ihn mit einer Frage zu mir herüberziehn und immer wieder verlor ich ihn durch meine Schuld.

An Milena Pollak, 1. August 1920

Kafka war am 4. Juli 1920 aus Wien nach Prag zurückgekehrt und hatte bis zum 1. August zumindest 46 (!) Briefe an Milena Pollak geschrieben. Zudem hatte er im Juli die Verlobung mit Julie Wohryzek endgültig gelöst und war vorübergehend in die Wohnung seiner Schwester Elli übersiedelt.

Hans Krasa (1899–1944) war ein Prager Komponist, den Kafka aus verschiedenen Cafés kannte.

»Rainers letztem Abend« bezieht sich auf den Selbstmord des Prager Journalisten Josef Reiner (1897–1920) am 19. Februar 1920. Reiners Frau Jarmila (1896–1990) war eine Freundin Milena Pollaks; im Briefwechsel mit Kafka ist häufig von »Briefen Jarmilas« die Rede. Im März 1921 sollte sie Willy Haas (1891–1973) heiraten, der zu Kafkas und Brods Freundeskreis im Café Arco zählte.

Fjodor Michailowitsch Dostojewski (1821–1881) gehörte zu Kafkas Lieblingsautoren; in seinen Briefen an Milena Pollak wird er mehrmals erwähnt.

---

64 Heute nacht habe ich Deinetwegen gemordet, ein wilder Traum, schlechte, schlechte Nacht. Genaueres darüber weiß ich kaum.

[...]

Jemand, ein Verwandter, sagte im Verlauf eines Gespräches, an das ich mich nicht erinnere, das aber etwa den Sinn hatte, daß irgendetwas dieser und jener nicht zustandebringen könnte – ein Verwandter sagte also schließlich ironisch: »Dann also vielleicht Milena« Darauf ermordete ich ihn irgendwie, kam dann aufgeregt nachhause, die Mutter lief immerfort hinter mir, es war auch hier ein ähnliches Gespräch im Gang; schließlich schrie ich heiß vor Wut: »Wenn jemand Milena im Bösen nennt, z.B. der Vater (mein Vater) ermorde ich auch ihn oder mich« Dann erwachte ich, aber es war kein Schlaf gewesen und kein Erwachen.

An Milena Pollak, 7. August 1920

Im Brief, in dem der Traum notiert ist, folgt auf die beiden ersten Sätze, die dem Traum gewidmet sind, eine Pause und dann ein Einschub, dessen letzte Zeilen eine der seltenen Deutungen eigener Träume beinhalten: »Max [Brod, Anm. MM] gebe ich nicht die Schuld. Gewiß, was auch in seinem Brief gestanden haben mag, er war unrichtig, nichts, auch der Beste nicht, soll sich zwischen uns mischen. Deshalb habe ich ja auch heute nacht gemordet.«

Am selben Tag, an dem Kafka diesen Brief schrieb, erhielt er ein Telegramm von Milena Pollak, in dem sie einem Treffen in Gmünd an der österreichisch-tschechischen Grenze zustimmte. Kafka hatte den Ort vorgeschlagen, weil Milena nicht nach Prag kommen wollte – vor allem ihres Vaters wegen (vgl. Nr. 61). Dass Kafka seinerseits nicht nach Wien kam, war für Milena wesentlich schwerer nachvollziehbar. In einem ihrer späteren Briefe an Max Brod beschreibt sie Kafkas Entschlussschwäche in diesen Tagen sehr anschaulich: »Ich habe ihm [...] telegraphiert, telephoniert, geschrieben, ihn bei Gott angefleht, er möge einen Tag zu mir kommen. [...] Er hat nächtelang nicht geschlafen, sich gequält, Briefe voller Selbstvernichtung geschrieben, ist aber nicht gekommen. Warum? Er hat nicht um Urlaub ersuchen können. Er hat doch dem Direktor, demselben Direktor, den er aus tiefster Seele bewundert (ernstlich!), weil er so schnelle Maschine schreibt, – er hat ihm doch nicht sagen können, dass er zu mir fährt. Und etwas anderes sagen – wieder ein entsetzter Brief – wie denn, Lügen? Dem Direktor eine Lüge sagen? Unmöglich.«

65 Heute nachts in einem kurzen Halbschlaf fiel mir ein, ich müsse Deinen Geburtstag dadurch feiern, daß ich die für Dich wichtigen Örtlichkeiten absuche. Und gleich darauf, ganz ohne Willen, war ich vor dem Westbahnhof. Es war ein ganz winziges Gebäude, auch drinnen mußte wenig Platz sein, denn es war eben ein Schnellzug gekommen und ein Waggon, für den drin nicht mehr Platz war, ragte aus dem Haus hervor. Sehr befriedigt war ich davon, daß vor dem Bahnhof drei ganz nett angezogene Mädchen (eine hatte einen Zopf), allerdings sehr mager, standen, Gepäckträgerinnen. Es fiel mir ein, daß es also nichts so ungewöhnliches sei, was Du getan hattest. Trotzdem war ich froh, daß Du jetzt nicht da warst, allerdings war es mir auch leid daß Du nicht dort warst. Aber zum Trost fand ich eine kleine Aktentasche, die ein Passagier verloren hatte, und zog aus der kleinen Tasche zum Erstaunen der mich umstehenden Passagiere große Kleidungsstücke heraus.

An Milena Pollak, 10. August 1920

Dieser Traum ist Teil eines Briefs, den Kafka Milena Pollak an ihrem 24. Geburtstag schreibt. Der Traum spielt in Wien, wo Kafka vor dem Westbahnhof (vgl. Nr. 61) drei Gepäckträgerinnen begegnet, was ihn an Milena Pollak erinnert, die, wie sie ihm offenbar berichtete, aus Geldmangel kurzzeitig selbst als Gepäckträgerin am Bahnhof gearbeitet hatte.

Kafkas Treffen mit Milena Pollak waren nur durch lange Bahnfahrten möglich, die Bedeutung von Eisenbahnen und Bahnhöfen in seinen Träumen ist daher nachvollziehbar. Bereits vier Tage nach diesem Traum war ein Wiedersehen geplant, und beide hatten dafür eine Zugfahrt auf sich zu nehmen, um auf halbem Weg zwischen Wien und Prag an einem Bahnknotenpunkt zusammenzutreffen: Am 14. und 15. August 1920 sollten die beiden das geplante Wochenende in Gmünd verbringen (vgl. Nr. 64). Es verlief für beide nicht zufriedenstellend und blieb der letzte Anlauf, es ernsthaft miteinander zu versuchen.

Gestern habe ich von Dir geträumt. Was im ein- 66
zelnen geschehen ist, weiß ich kaum mehr, nur das weiß ich noch, daß wir immerfort ineinander übergingen, ich war Du, Du warst ich. Schließlich fingst Du irgendwie Feuer, ich erinnerte mich, daß man mit Tüchern das Feuer erstickt, nahm einen alten Rock und schlug Dich damit. Aber wieder fingen die Verwandlungen an und es ging so weit, daß Du gar nicht mehr da warst, sondern ich war es,

der brannte und ich war es auch, der mit dem Rock schlug. Aber das Schlagen half nichts und es bestätigte sich nur meine alte Befürchtung, daß solche Dinge gegen das Feuer nichts ausrichten können. Inzwischen aber war die Feuerwehr gekommen und Du wurdest doch noch irgendwie gerettet. Aber anders warst Du als früher, geisterhaft mit Kreide ins Dunkel gezeichnet und fielst mir, leblos oder vielleicht nur ohnmächtig aus Freude über die Rettung, in die Arme. Aber auch hier wirkte die Unsicherheit der Verwandelbarkeit mit, vielleicht war ich es, der in irgendjemandes Arme fiel.

An Milena Pollak, vermutlich 1. Oktober 1920

Der Brief stammt aus einer Phase, in der sich die Beziehung zwischen Kafka und Milena Pollak dem Ende zuneigte. Der hier wiedergegebene Traum symbolisiert nach Margarethe Mitscherlich-Nielsen allerdings nach wie vor »Kafkas symbiotische Verschmelzungswünsche«.

Ähnlich hatte Kafka am 13. Mai 1913 an Felice Bauer geschrieben: »Ach Gott, ich wollte, daß Du nicht auf der Welt wärest, sondern ganz in mir, oder noch besser, daß ich nicht auf der Welt wäre und ganz in Dir, einer von uns ist zu viel hier meinem Gefühl nach, die Trennung in zwei Menschen ist unerträglich.«

Und dann hatte ich unter einer Menge Träume zum 67
Schluß diesen: Links von mir saß ein Kind im Hemdchen (es war wenigstens nach meiner Traumerinnerung nicht ganz sicher ob es mein eigenes war, aber das störte mich nicht) rechts Milena, beide drückten sich an mich und ich erzählte ihnen eine Geschichte von meiner Brieftasche, sie war mir verlorengegangen, ich hatte sie wieder gefunden, hatte sie aber noch nicht wieder aufgemacht und wußte also nicht, ob noch das Geld drin war. Aber selbst wenn es verloren war, das machte nichts, wenn ich nur die zwei bei mir hatte. – Nachfühlen kann ich jetzt das Glück das ich gegen Morgen hatte natürlich nicht mehr.

An Max Brod, zweite Jännerhälfte 1921

Kafka befand sich seit Dezember 1920 in einem Sanatorium in Matliary (Tatranské Matliare) – sein Gesundheitszustand hatte sich verschlechtert, ein mehrmonatiger Genesungsurlaub war unumgänglich. Kafka hatte sich für einen Aufenthalt in diesem kleinen Kurort im slowakischen Teil der Hohen Tatra entschieden.

Den langen Brief, in dem sich dieser Traum befindet, begann Kafka am 15. Jänner 1921, beendete ihn – nach langen Pausen – aber wohl erst zwei Wochen später. In der Zwischenzeit, um den 20. Jän-

ner, hatte er einen »letzten Brief« von Milena Pollak erhalten, den er ganz am Ende des Briefs an Max Brod erwähnt: »Übrigens bekam ich von M. vor etwa einer Woche noch einen Brief, einen letzten Brief. Sie ist stark und unveränderlich, etwa in Deinem Sinn, Du bist ja auch ein Unveränderlicher [...].«

Der Kontakt zu Milena Pollak brach jedoch nicht ab, sie sollte Kafka nach seinem Aufenthalt in Matliary noch mehrmals besuchen. Im Zuge eines dieser Besuche übergab er ihr im Oktober 1921 sein komplettes Tagebuch, von der ersten bis zur letzten Seite – ein Zeichen besonderen Vertrauens und größtmöglicher Nähe.

---

68 Ein Traum, kurz, in einem krampfhaften kurzen Schlaf, krampfhaft mich festgehalten, in maßlosem Glück. Ein vielverzweigter Traum, enthaltend 1000 gleichzeitig mit einem Schlag klar werdende Beziehungen, übriggeblieben ist kaum die Erinnerung an das Grundgefühl: Mein Bruder hat ein Verbrechen, ich glaube, einen Mord begangen, ich und andere sind an dem Verbrechen beteiligt, die Strafe, die Auflösung, die Erlösung kommt von der Ferne her näher, mächtig wächst sie heran, an vielen Anzeichen merkt man ihr unaufhaltsames Näher-

kommen, meine Schwester, glaube ich, kündigt diese Zeichen immer an, die ich immer mit verzückten Ausrufen begrüße, die Verzückung steigert sich mit dem Näherkommen. Meine einzelnen Ausrufe, kurze Sätze, glaubte ich wegen ihrer Sinnfälligkeit nie vergessen zu können und weiß jetzt keinen einzigen mehr genau. Es konnten nur Ausrufe sein, denn das Sprechen machte mir große Mühe, ich mußte die Wangen aufblasen und dabei den Mund verdrehn, wie unter Zahnschmerzen ehe ich ein Wort hervorbekam. Das Glück bestand darin, daß die Strafe kam und ich sie so frei, überzeugt und glücklich willkommen hieß, ein Anblick, der die Götter rühren mußte, auch diese Rührung der Götter empfand ich fast bis zu Tränen.

Tagebuch, 20. Oktober 1921

Erst am 26. August 1921 war Kafka aus Matliary (vgl. Nr. 67) wieder nach Prag zurückgekehrt. Insgesamt hatte sein Aufenthalt dort mehr als acht Monate gedauert, sein Zustand sich jedoch kaum verbessert. Zwei Tage nach der Eintragung, die dieses Traumnotat enthält, sollte ein Arzt Kafka nicht nur einen neuerlichen Genesungsurlaub empfehlen, sondern die Pensionierung, da »mit vollständiger Heilung kaum zu rechnen sei«.

Das »maßlose Glück«, von dem Kafka hier

träumt, besteht aus einer Strafe, die wie eine Erlösung »frei, überzeugt und glücklich willkommen« geheißen wird. Auch dieser Traum spielt daher im Kosmos von Schuld, Strafe und Selbstbestrafung, während er eine Glückserfüllung verheißt, die den Protagonisten in Kafkas Texten kaum vergönnt ist (vgl. etwa Der Proceß *oder* Das Schloss*). Reiner Stach hat den Zusammenhang zwischen Kafkas Krankheit und dessen Überzeugung, die Tuberkulose sei Strafe und Erlösung zugleich, hervorgehoben.*

---

69 Nachmittag Traum vom Geschwür an der Wange. Die fortwährend zitternde Grenze zwischen dem gewöhnlichen Leben und dem scheinbar wirklicherem Schrecken.

Tagebuch, 22. März 1922

Am 27. Jänner 1922 war Kafka erneut in ein Sanatorium gereist, diesmal nach Spindlermühle (Špindlerův Mlýn) im tschechischen Riesengebirge. Hier sollte er bis 17. Februar bleiben – sein Genesungsurlaub war bis Mai 1922 verlängert worden. Am ersten Abend des Aufenthalts in Spindlermühle hatte Kafka das Eingangskapitel von Das Schloss *geschrieben. Die Arbeit an diesem Roman, der, wie auch* Der Verschollene *und* Der Proceß, *Fragment bleiben sollte, setzte er nach der Rückkehr nach Prag fort, bei gleichbleibend schlechtem Gesundheitszustand, oft bettlägerig und von Schlaflosigkeit geplagt. Daneben entstanden in dieser Zeit weitere Texte, etwa die Erzählung* Ein Hungerkünstler.

[...] habe heute von dir geträumt, vielerlei, von 70
dem ich aber nur behalten habe, daß Du aus einem Fenster geschaut hast, entsetzlich mager, das Gesicht ein genaues Dreieck [...].

An Max Brod, ca. 13. August 1922

Nachdem Kafkas Genesungsurlaub (vgl. Nr. 68 und 69) zunächst um weitere fünf Wochen verlängert worden war, hatte er die AUVA am 7. Juni 1922 um die Versetzung in den »vorübergehenden Ruhestand« ersuchen müssen; die Bewilligung wurde Ende Juni erteilt. Schon davor, am 22. Juni, hatte Kafka erneut einen Sanatoriumsaufenthalt angetreten, diesmal in Planá nad Lužnicí, wo er zunächst am Roman Das Schloss *weiterschrieb, immer wieder gestört vom Lärm eines nahegelegenen Sägewerks. Zudem war der Aufenthalt von Kurzvisiten in Prag unterbrochen. Am 18. September 1922 soll-*

te er den Sanatoriumsaufenthalt in Planá endgültig beenden, die Arbeit an Das Schloss, *seinem letzten Versuch, einen Roman zu schreiben, hatte er zu diesem Zeitpunkt bereits abgebrochen.*

Dieses letzte erhaltene Traumnotat Kafkas könnte man als Spiegelbild des zu diesem Zeitpunkt bereits stark von der Krankheit gezeichneten Autors lesen; es zeugt aber, wie der ganze Brief, in dem es sich befindet, auch von tatsächlicher Sorge um die Gesundheit von Max Brod, dessen Alltag von hoher Arbeitsbelastung und komplizierten amourösen Verhältnissen geprägt war. Brod sollte bis zu Kafkas Tod am 3. Juni 1924 dessen wichtigster Freund bleiben.

Anmerkungen und Quellen

1 KKAT, S. 10.
Zu Kafkas Tagebucheintragungen vgl. grundlegend Kafka-Handbuch, S. 378ff.; zu den Ballett-Aufführungen in Prag vgl. KKAT (Apparatband), S. 11f., sowie Binder, Kafkas Welt, S. 298; Kafkas Brief an Felice Bauer vom 17./18. Jänner 1913 findet sich in KKAB 2, S. 45; das Zitat, wonach Kafka Traumerlebnisse »literarisch fruchtbar gemacht« hat, folgt dem Kommentar in Kafka, Träume, S. 74; die kurzen Erzähltexte über die Eduardowa finden sich in KKAT, S. 10f.; zur Übernahme der Figur der Tänzerin aus dem Traum in die Erzählungen vgl. Engel, Traumnotat, S. 260; zur Abgrenzung zwischen literarischem Text und Traum im konkreten Fall vgl. den Kommentar in Kafka, Träume, S. 74, sowie Glinski, Imaginationsprozesse, S. 175ff.; zur erwähnten Zeichnung vgl. Kilcher, Zeichnungen, S. 161, sie ist reproduziert in KKAT, S. 12; zur Entstehung von *Beschreibung eines Kampfes* vgl. Binder, Kafkas Welt, S. 40f.

2 KKAB 1, S. 127f.
Kafkas Paris-Reise beleuchtet Stach, Die frühen Jahre, S. 446ff., genauer; zum Pariser Straßenverkehr vgl. den Kommentar in Kafka, Träume, S. 75, sowie Engel, Traumnotat, S. 258; die erwähnte Passage im Reisetagebuch findet sich in KKAT, S. 1012.

3 KKAT, S. 50f.
Zur Deutung des Traums vgl. genauer Gatzmaga, Poetik des Traums, S. 68; zu Robert Marschner vgl. Stach, 99 Fundstücke, S. 66f.; die Tagebuchstelle am Ende des Eintrags vom 2. Oktober 1911 findet sich in KKAT, S. 52, dazu auch der Kommentar in Kafka, Träume, S. 75; zu Eugen Pfohl vgl. Fischer, Asbest, S. 40.

4 KKAT, S. 70–73.
Zu Brods und Kafkas Bordellbesuchen in Italien und Paris vgl. Stach, Kafka von Tag zu Tag, S. 129, zum Zusammenhang zwischen dem Traum und ihren Reiseerlebnissen vgl. den Kommentar in Kafka, Träume, S. 76, sowie Gatzmaga, Poetik des Traums, S. 33; Kafkas zitierter Eintrag im Reisetagebuch findet sich in KKAT, S. 967, vgl. dazu Gatzmaga, Poetik des Traums, S. 34; die Ähnlichkeit des Hautausschlags im Traum zur Wunde in der *Landarzt*-Erzählung betont Alt, Der ewige Sohn, S. 505; zur psychoanalytischen Deutung vgl. Engel, Traumnotat, S. 241–243.

5 KKAT, S. 205–207.
Zur möglichen Begegnung Kafkas mit der Heilsarmee vgl. Binder, Kafkas Welt, S. 246.

6 KKAT, S. 239–241.
Parallelen dieses Traums zu *Auf der Galerie* hat Alt, Der ewige Sohn, S. 497, hervorgehoben; die genaue Verortung der Trauminhalte in Kafkas Lebensumfeld liefern Giudice und Müller im Kommentar zu Kafka, Träume, S. 76f.; zum alten Brunnen vor dem Rathaus, den es nur bis 1868 gab, vgl. Binder, Kafkas Welt, S. 132; die Spuren von Hermann Kafkas Missfallen gegenüber Löwy im *Brief an den Vater* betont Stach, Jahre der Entscheidungen, S. 59; zu Franz Kafkas Teilnahme an besagtem Rezitationsabend vgl. Stach, Kafka von Tag zu Tag, S. 152.

7 KKAT, S. 251.
Zu Kafkas Mystik-Nähe weiterführend Grözinger, Kafka und die Kabbala, S. 110.

8 KKAT, S. 253–258.
Zur Möglichkeit, dass Kafka Schnitzlers *Das weite Land* am Neuen Deutschen Theater sah, vgl. den Kommentar in Kafka, Träume, S. 77; Kafkas Brief an Felice Bauer vom 14./15. Februar 1913 findet sich in KKAB 2, S. 91, vgl. dazu auch Binder, Kafkas Welt, S. 191; zu Emil Utitz vgl. ebd., S. 110, zu Wolfgang Arnold ebd., S. 89.

9 KKAT, S. 258f.
Zur Verbindung zu Ingres' Gemälden vgl. KKAT (Apparatband), S. 67.

10 KKAT, S. 285.
Zum Ehepaar Tschissik vgl. Binder, Kafkas Welt, S. 257; die Tagebuch-Passagen zur »Liebe« finden sich in KKAT, S. 96 u. 232.

11 KKAT, S. 289.
Vgl. dazu Gatzmaga, Poetik des Traums, S. 44.

12 KKAT, S. 296f.
Brods Beschreibung der »Doppelbegabung« zit. nach Kilcher, Zeichnungen, S. 58.

13 KKAT, S. 419f.
Zu Kafkas Berlin-Reise vgl. Binder, Kafkas Welt, S. 190; zum Kräf-

teverhältnis zwischen Kafka und seinem Vater in diesem Traum vgl. den Kommentar in Kafka, Träume, S. 78; zu Ernst von Leyden vgl. KKAT (Apparatband), S. 117.

14 KKAT, S. 1042.
Die Aussage Brods zit. nach Stach, Jahre der Entscheidungen, S. 78; zu Kafkas Reiseplänen vgl. Binder, Handbuch 1, S. 413f.; das Zitat zu Kafkas »Nähe« zu Goethe nach Stach, Jahre der Entscheidungen, S. 81.

15 KKAT, S. 1047.
Zu Müllers Turnmethode vgl. Binder, Kafkas Welt, S. 194; die zitierte Passage aus dem Reisetagebuch stammt vom 9. Juli 1912 und findet sich in KKAT, S. 1041.

16 KKAT, S. 433.
Zur ersten Begegnung von Kafka und Felice Bauer vgl. u. a. Stach, Kafka von Tag zu Tag, S. 166; das Zitat zum Briefwechsel stammt aus Stach, Jahre der Entscheidungen, S. 142; zur Redaktion der *Betrachtung* vgl. Binder, Kafkas Welt, S. 126, zur Entstehungsgeschichte von *Das Urteil* ebd., S. 361, sowie Kafka-Handbuch, S. 86.

17 KKAT, S. 436f.
Zum Brief an Felice Bauer, der in KKAB 2, S. 128, abgedruckt ist, vgl. Kafka-Handbuch, S. 175; zur Nähe des Traumnotats zu Karl Roßmanns Ankunft in New York vgl. Koch, Ringkämpfe, S. 96f.

18 KKAB 1, S. 239f.
Zum Streit über Kafkas Unpünktlichkeit vgl. den Kommentar in KKAB 1, S. 550.

19 KKAB 1, S. 241.
Zum Kontext des Briefwechsels vgl. die Kommentare in KKAB 1, S. 642, und Kafka, Träume, S. 80; die zitierte Briefstelle findet sich in KKAB 1, S. 241; zur *Verwandlung* vgl. Kafka-Handbuch, S. 164.

20 KKAB 1, S. 308–311.
Das Zitat zur »Wunschmaschine« stammt aus Alt, Der ewige Sohn, S. 278; zu Kafkas Telefonphobie vgl. den Kommentar in Kafka, Träume, S. 81; zum zweiten Traum vgl. Gatzmaga, Poetik des Traums, S. 79f.

21 KKAB 2, S. 17.

22 KKAB 2, S. 55.
Zur Deutung und Kontextualisierung des Traums vgl. Alt, Der ewige Sohn, S. 281, sowie Neumann, Kafka-Lektüren, S. 539ff.

23 KKAB 2, S. 86f.
Das Zitat zum »Primat des Zeichnens« stammt aus Kilcher, Zeichnungen, S. 56.

24 KKAB 2, S. 146.

25 KKAB 2, S. 152f.
Der zitierte Brief an Grete Bloch vom 16. Mai 1914 findet sich in KKAB 3, S. 59.

26 KKAB 2, S. 165.

27 KKAT, S. 560.
Zu Kafkas Berlin-Reise vgl. Stach, Kafka von Tag zu Tag, S. 221; die Nähe zu Kafkas Selbstmordphantasien stellt Stach, Jahre der Entscheidungen, S. 311, her; die Einordnung als »Halbschlaf-Halluzination« stammt aus Engel, Traumnotat, S. 249.

28 KKAT, S. 567f.
Zum biografischen Kontext vgl. Stach, Kafka von Tag zu Tag, S. 232; der Tagebucheintrag zur Schlaflosigkeit findet sich in KKAT, S. 567; zur Analogie zum *Kübelreiter* vgl. Alt, Der ewige Sohn, S. 443.

29 KKAB 2, S. 252f.
Kafkas zitierter Brief an Felice Bauer vom 12. August 1913 findet sich in KKAB 2, S. 260, der Tagebucheintrag vom 13. August in KKAT, S. 573.

30 KKAT, S. 585.
Kafkas Brief an Felice Bauer vom 16. September 1913 findet sich in KKAB 2, S. 282; zu Kafkas Kuraufenthalt in Riva vgl. Stach, Jahre der Entscheidungen, S. 424f.

31 KKAT, S. 589f.
Zur Nähe von Kanapee und Schreibtisch vgl. Koch, Ringkämpfe, S. 94f.

32 KKAT, S. 592f.
Kafkas Brief an Grete Bloch vom 18. November 1913 findet sich in KKAB 2, S. 301f.; das Zitat stammt aus Engel, Traumnotat, S. 256.

33 KKAT, S. 595f.
Die Kino-Eintragung findet sich in KKAT, S. 595.

34 KKAT, S. 597f.

35 KKAT, S. 635f.
Zu dieser Berlin-Reise vgl. den Kommentar in Kafka, Träume, S. 83, sowie Binder, Kafkas Welt, S. 362; Kafkas Brief an Grete Bloch vom 1. März 1914 findet sich in KKAB 2, S. 336, vgl. dazu Alt, Der ewige Sohn, S. 376.

36 KKAT, S. 520.

37 KKAT, S. 704.
Zur Lesung aus *In der Strafkolonie* vgl. Stach, Kafka von Tag zu Tag, S. 296.

38 KKAT, S. 756.
Zu Marschner und Pimisker vgl. KKAT (Apparatband), S. 186.

39 KKAT, S. 770.
Zu den Schwestern Reiß vgl. den Kommentar in Kafka, Träume, S. 85, Binder, Kafkas Welt, S. 456, sowie Stach, Jahre der Entscheidungen, S. 572ff.

40 KKAT, S. 778.
Zum Café Continental vgl. Binder, Kafkas Welt, S. 310; zum familiären und biographischen Kontext vgl. ebd., S. 442; das Zitat zur »Urszene« stammt aus Alt, Der ewige Sohn, S. 564.

41 KKAT, S. 779f.
Das erwähnte Erzählfragment findet sich in KKAT, S. 780–784; vgl. dazu Engel, Traumnotat, S. 261.

42 KKAB 3, S. 168.
Zum Aufenthalt in Marienbad vgl. Stach, Kafka von Tag zu Tag, S. 330ff.

43 KKAT, S. 792.
Zu Emanuel Hanzal vgl. Fischer, Asbest, S. 43ff.

44 KKAB 3, S. 243f.
Der Tagebucheintrag findet sich in KKAT, S. 723; zur zweiten Verlobung vgl. Binder, Kafkas Welt, S. 479, zu den Zweifeln in den folgenden Monaten den Kommentar in Kafka, Träume, S. 86; der Beginn des Briefs findet sich in KKAB 3, S. 243.

45/46 Lesetext nach OO 1, S. 4–7.
Das Zitat aus dem Brief an Felice Bauer vom 7. Dezember 1916 findet sich in KKAB 3, S. 277; zum Schreibort im Alchimistengässchen vgl. KKAN 1 (Apparatband), S. 79, zur Kündigung des Mietvertrags Stach, Kafka von Tag zu Tag, S. 370; zum Unterschied von Quart- und Oktavheften vgl. Reuß, Oktavhefte, S. 3, zum Kontext der beiden Träume im ersten Oktavheft ebd., S. 8.

47 KKAD, S. 295–298.
Zur Datierung vgl. Kafka-Handbuch, S. 218ff.; das abschließende Zitat stammt aus Engel, Traumnotat, S. 246.

48 KKAT, S. 828.
Das Zitat stammt aus Engel, Traumnotat, S. 249.

49 KKAN 1, S. 406.
Zum Kontext des »Prügler«-Kapitels vgl. Stach, Jahre der Entscheidungen, S. 561f.

50 KKAT, S. 835.
Zu Kafkas und Brods Beziehung zu Werfel vgl. den Kommentar in Kafka, Träume, S. 86.

51 KKAT, S. 836f.
Kafkas Brief an Max Brod vom 6. Februar 1914 findet sich in KKAB 2, S. 326; vgl. dazu den Kommentar in Kafka, Träume, S. 86.

52 KKAB 3, S. 356–358.
Zu Felix Weltsch und August Sauer vgl. den Kommentar in Kafka, Träume, S. 87, zum Hofrat Zuckerkandl ebd. sowie den Kommentar in KKAB 3, S. 687ff., zu Lydia Holzner ebd., S. 689; das Zitat zu Camill Gibian stammt aus Binder, Kafkas Welt, S. 92; zu Karl und Josef Pollak vgl. ebd., S. 381, sowie den Kommentar in KKAB 3, S. 690.

53 KKAT, S. 843f.
Zum zeitgeschichtlichen Kontext vgl. KKAT (Apparatband), S. 201.

54 KKAB 4, S. 28f.
Das weitere Zitat aus Kafkas Brief an Weltsch findet sich in KKAB 4, S. 29; zu Weltsch und Kraus vgl. den Kommentar ebd., S. 418.

55 KKAB 4, S. 64f.

56 KKAB 4, S. 70.
Zu Palästina vgl. den Kommentar in Kafka, Träume, S. 88; das weiterführende Zitat aus Kafkas Brief an Brod findet sich in KKAB 4, S. 70; zur Entstehung von *Brief an den Vater* in Schelesen vgl. Stach, Kafka von Tag zu Tag, S. 437.

57 KKAB 4, S. 75.
Zu Antonín Hlavatý vgl. Švingrová, Qualifikation, S. 195, zur tschechischen Bedeutung den Kommentar in KKAB 4, S. 470.

58 KKAB 4, S. 122.
Zum Personal des Traumes vgl. Binder, Kafkas Welt, S. 130, sowie den Kommentar in KKAB 4, S. 511.

59 KKAB 4, S. 125.
Zum familiären Kontext vgl. die Kommentare in Kafka, Träume, S. 88, sowie KKAB 4, S. 512.

60 KKAB 4, S. 176f.
Zur Anbahnung der Beziehung zu Milena Pollak vgl. den Kommentar in KKAB 4, S. 763; zum Wechsel der Anrede siehe die Passage in KKAB 4, S. 177.

61 KKAB 4, S. 185–188.
Zu Kafkas Ängsten in Bezug auf seine Wien-Reise vgl. Binder, Kafkas Wien, S. 342, zu Milena Pollaks Konflikt mit ihrem Vater ebd., S. 593; Kafkas Brief an Ottla vom 3. September 1918 findet sich in KKAB 4, S. 50; zur Übersetzung des tschechischen Satzes vgl. den Kommentar in KKAB 4, S. 520, sowie Kafka, Träume, S. 89.

62 KKAB 4, S. 188.
Zu Kafkas Besuch in Wien vgl. Stach, Kafka von Tag zu Tag, S. 453, woraus auch das Zitat stammt.

63 KKAB 4, S. 272f.
Zum Personal des Traums vgl. den Kommentar in Kafka, Träume, S. 89, sowie in KKAB 4, S. 545 und 603, außerdem Binder, Kafkas Welt, S. 603.

64 KKAB 4, S. 289.
Milena Pollaks Brief an Max Brod vom 18. Juli 1920 zit. nach Stach, Jahre der Erkenntnis, S. 394ff.

65 KKAB 4, S. 300.
Zu den Gepäckträgerinnen vgl. den Kommentar in Kafka, Träume, S. 90; zum Wochenende in Gmünd vgl. Stach, Jahre der Erkenntnis, S. 379f.

66 KKAB 4, S. 352f.
Das Zitat zu Kafkas »Verschmelzungswünsche[n]« stammt aus Mitscherlich-Nielsen, Psychoanalytische Bemerkungen, S. 74; Kafkas Brief an Felice Bauer vom 13. Mai 1913 findet sich in KKAB 2, S. 187.

67 BKB, S. 309.
Zu Milena Pollaks Brief vgl. Stach, Kafka von Tag zu Tag, S. 483; zum weiteren Kontakt mit ihr vgl. Stach, Jahre der Erkenntnis, S. 443.

68 KKAT, S. 868f.
Die zitierte Passage stammt aus Stach, Kafka von Tag zu Tag, S. 505; zum Kontext von Kafkas Krankheit vgl. Stach, Jahre der Erkenntnis, S. 220.

69 KKAT, S. 913.
Zu Kafkas Aufenthalt in Spindlermühle vgl. Stach, Kafka von Tag zu Tag, S. 512.

70 BKB, S. 409.
Zu Kafkas Arbeit an *Das Schloss* in Planá vgl. Binder, Kafkas Welt, S. 642ff.

Nachwort

Am 1. November 1912 schrieb Franz Kafka an Felice Bauer einen Brief, in dem er ihr seinen Tagesablauf minutiös darlegte. Der Briefwechsel zwischen den beiden war genau sechs Wochen alt, sie hatten sich bislang ein einziges Mal (im Juni, in der Wohnung der Familie Brod in Prag) gesehen und waren noch per Sie, in der Kennenlernphase also, und trotzdem sind Kafkas Briefe bereits ebenso zahlreich wie persönlich. Und so geht es in diesem Brief vor allem um das ihm Allerwichtigste, das Schreiben, und um seine allergrößte Geißel, die Schlaflosigkeit:

> »Meine Lebensweise ist nur auf das Schreiben hin eingerichtet und wenn sie Veränderungen erfährt so nur deshalb, um möglicher Weise dem Schreiben besser zu entsprechen, denn die Zeit ist kurz, die Kräfte sind klein, das Bureau ist ein Schrecken, die Wohnung ist laut und man muß sich mit Kunststücken durchzuwinden suchen, wenn es mit einem schönen geraden Leben nicht geht. Die Befriedigung über ein derartiges Kunststück, das einem in der Zeiteinteilung gelungen ist, ist allerdings nichts gegenüber dem ewigen Jammer, daß jede Ermüdung sich in dem

Geschriebenen viel besser und klarer aufzeichnet, als das, was man eigentlich aufschreiben wollte. Seit 1½ Monaten ist meine Zeiteinteilung mit einigen in den letzten Tagen infolge unerträglicher Schwäche eingetretenen Störungen, die folgende: Von 8 bis 2 oder 2⅓ Bureau, bis 3 oder ½4 Mittagessen, von da ab Schlafen im Bett (meist nur Versuche, eine Woche lang hab ich in diesem Schlaf nur Montegriner gesehn mit einer äußerst widerlichen, Kopfschmerzen verursachenden Deutlichkeit jedes Details ihrer komplicierten Kleidung) bis ½8, dann 10 Minuten Turnen, nackt bei offenem Fenster, dann 1 Stunde Spazierengehn allein oder mit Max oder mit noch einem andern Freund, dann Nachtmahl innerhalb der Familie (ich habe 3 Schwestern, eine verheiratet, eine verlobt, die ledige ist mir, unbeschadet der Liebe zu den andern, die beiweitem liebste) dann um ½11 (oft wird aber sogar ½12) Niedersetzen zum Schreiben und dabeibleiben je nach Kraft, Lust und Glück bis 1, 2, 3 Uhr einmal auch schon bis 6 Uhr früh. Dann wieder Turnen, wie oben, nur natürlich mit Vermeidung jeder Anstrengung, abwaschen und meist mit leichten Herzschmerzen und zuckender Bauchmuskulatur ins Bett. Dann alle möglichen Versuche einzuschlafen, d.h. unmögliches zu erreichen, denn man kann nicht schlafen (der Herr verlangt sogar traumlosen Schlaf) und dabei gleichzeitig an seine Arbeiten denken und überdies die mit Bestimmtheit nicht zu entscheidende Frage mit Bestimmtheit lösen wollen, ob den nächsten Tag ein Brief von Ihnen kommen wird und zu welcher Zeit. So besteht die Nacht aus zwei Teilen, einem wachen und einem schlaflosen und wollte ich Ihnen darüber ausführlich schreiben und wollten Sie es anhören, ich würde niemals fertig werden. Natürlich ist es dann kein besonderes Wunder, wenn ich im Bureau am morgen gerade knapp noch mit dem Ende meiner Kräfte zu arbeiten anfange.«[1]

Die Zeit, die Kafka im Bett verbringt, oder tagsüber auch am Kanapee, teilt sich somit auf einige Stunden am Nachmittag und einige Stunden in der Nacht auf. Beide Phasen sind, wie er klagt, von peinigender Schlaflosigkeit geprägt und damit eindeutig negativ konnotiert. Dennoch handelt es sich um Zeiträume, die für sein Schreiben fruchtbar sind, indem Kafka die Zeit im Bett und am Kanapee, im Schlaf wie im Halbschlaf, mit intensivem Träumen verbringt. Aus einem Problem wird so eine Voraussetzung, wie Kafka-Biograf Peter-André Alt festhält: »Kafkas Schlaflosigkeit ist nicht die Folge, sondern die Bedingung seiner literarischen Arbeit.«[2] Hans-Gerd Koch, der Herausgeber von Kafkas Briefen, beschreibt die Stunden, in denen Kafka eigentlich zur Ruhe kommen will, so: »Zwischen Schlaf und Schlaflosigkeit, ›Dusel‹ und ›zweifellosem Wachsein‹ stellt sich regelmäßig ein Zustand ein, der Kafkas Phantasie freien Raum läßt, indem er in kontrollierten Wachträumen seinen Vorstellungen nachgeht, sich Erlebnisse aus seiner Vergangenheit vergegenwärtigt oder antizipierend Themen und Szenen seiner Texte mit Leben erfüllt.«[3] Natürlich sind unter den von Kafka beschriebenen Träumen wohl auch »echte«, ein großer Teil ist aber eher dem zuzurechnen, was er selbst »Halbschlafphantasien«[4] genannt hat, und manches würden wir heute als Halluzinationen bezeichnen.[5] Dass die einzelnen Traumarten kaum zu unterscheiden sind, liegt auch daran, dass sie einander, bedingt durch Kafkas Tagesrhythmus, gegenseitig beeinflussen, wie Manfred Engel festhält: »Träume der Vor-Arbeitsphase beschäftigen [...] die Phantasie Kafkas noch, wenn er mit dem Schreiben beginnt, und Gedanken und Bilder der Schreibphase reichen, oft mit quälender Beharrlichkeit, in die zweite Schlafperiode hinein.«[6] Kafka selbst schreibt im Tagebuch von der »Kraft meiner Träume die schon ins

Wachsein vor dem Einschlafen strahlen, die mich nicht schlafen ließ«.[7]

All den kaum klar zu trennenden Zwischenstufen gemeinsam ist, dass sie Kafka zur ausgiebigen Selbstbeobachtung dienen. Kafka nutzt das Erzählen seiner Träume, um sich und sein inneres Leben zu verstehen – und es zunächst sich selbst, aber oft auch den Menschen, mit denen er sich darüber austauscht, zu erklären. Diese Form der Selbstbeobachtung ist aber auch für Kafkas literarische Arbeit von fundamentaler Bedeutung. Das bezeugen seine Tage- und Notizbücher sowie seine exzessiven Korrespondenzen, in denen zunächst, wie im oben zitierten Brief, bestimmte Facetten des *äußeren Lebens* genau aufgezeichnet werden. Das erträumte Wissen über das eigene *innere Leben* erweitert und vertieft das auf diese Weise Festgehaltene und wird folgerichtig ebenfalls notiert und mitgeteilt,[8] des Öfteren aber auch umgearbeitet und irgendwann Teil literarischer Texte. Wenn Kafkas erklärtes Ziel seines Schreibens also die Darstellung seines »traumhaften innern Lebens«[9] ist, dann sind Träume und alles, was ihnen nahekommt, der direkteste Weg, um diesem inneren Leben auf die Spur zu kommen. Gerade die »Halbschlafphantasien«, in einer Phase entstanden, in der das bewusste Denken nicht klar vom Unbewussten zu trennen, in der also ein gewisser lenkender Eingriff möglich ist, werden für Kafka in jahrelanger Übung zum perfekten Mittel, um sich selbst zu erforschen und zu verstehen.

Insgesamt sind es mehr als 60 »Träume«, die Kafka aufgeschrieben hat und die erhalten geblieben sind, entweder im Tagebuch oder in Briefen, ein einziges Traumnotat findet sich nahezu identisch in beiden Textsorten: Kafka schickt es per Brief an Grete Bloch, nachdem er es zuvor auch schon im Tagebuch festgehalten hat (Nr. 32). Kafka schreibt seine Träume also auf, er verarbeitet sie weiter, versendet sie als eine Art Argumentationshilfe in Briefen – was er aber so gut wie nie macht, ist, sich an einer Deutung der Träume zu versuchen. Manchmal leitet er ein Notat mit einer affektiven Bewertung des Traums ein, schreibt, er sei »schön« (Nr. 4) gewesen oder »grauenhaft« (Nr. 42), darüber hinaus belässt er es beim Erzählen des Trauminhalts, mit wenigen Kommentaren. Wenn Kafka seine Träume beschreibt, erinnert das an ein Dichter-Konzept, das Sigmund Freud in seinem Aufsatz *Der Dichter und das Phantasieren* erarbeitet hat.[10] Darin wird dem Träumen sowie der »Tagträumerei« besondere Bedeutung beigemessen, als Fundus, aus dem Literatur entstehen könne, weil sich darin verdrängte Wünsche offenbarten. Kafkas komplexem Umgang mit seinen inneren Traumwelten wird das natürlich nicht gerecht. Es wäre spannend gewesen, Freud Kafkas Traumzugang analysieren zu sehen, doch konnte er im Jahr 1908, in dem *Der Dichter und das Phantasieren* entstand, Kafka, dessen erste Publikation 1912 erschien, in keiner Form gelesen haben. Umgekehrt wurde mehrmals versucht, Kafkas Traumbeschreibungen im Hinblick auf einen Einfluss Sigmund Freuds zu interpretieren; einen solchen festzustellen, ist aber schon deshalb schwierig, weil nicht genau bekannt ist, was und wieviel Kafka von Freuds Werk tatsächlich gelesen hat. Willy Haas gegenüber sprach er 1912 von einem »großen leeren Respekt« vor Freud, weil er, wie er im selben Absatz betont, »leider wenig von ihm« kenne.[11] Die Freud'sche Psychoanalyse kann daher kaum in nennenswertem Ausmaß in seine Arbeiten eingeflossen sein.

Kafkas Traumnotate sind kleine Erzählungen, und tatsächlich ähneln sie seiner literarischen Prosa auf vielen Ebenen, von der Art der Motive zu den Techniken ihrer Verfremdung, von den Raumstrukturen bis hin zu bestimmten, immer wiederkehrenden Eigenschaften der Protagonisten wie etwa ihrer Unsicherheit gegenüber anderen, ihrer Ungeduld oder ihrer Unfähigkeit im praktischen Leben, um nur einige Beispiele zu nennen, die für Kafkas Traum-Erzählerfigur ebenso gelten wie für die Hauptfiguren vieler seiner Erzählungen und Romanfragmente.[12] Liest man Kafkas Träume, fühlt man sich daher oft an seine Prosa erinnert, und tatsächlich ist es nicht nur schwer, »echte« Träume von kontrollierten »Halbschlafphantasien« zu unterscheiden, oft ist in den Tage- oder Notizbüchern auch das, was ein Traumnotat sein könnte, nicht eindeutig von einem möglichen erzählerischen Entwurf zu trennen – und niemand kann sagen, ob es nicht am Ende beides zugleich ist. Ob die Traumnotate auf eine bestimmte Weise formuliert sind, weil Kafkas literarischer Stil auf sie abfärbt, oder ob es genau umgekehrt ist, also Kafkas Träume und ihre besondere Gestalt seine Literatur prägen, ist wohl kaum endgültig zu beantworten.[13]

Klar ist, dass seine Träume und seine literarischen Texte in einem besonderen und besonders engen Zusammenhang zueinander stehen. Bereits einige der frühesten Leser von Kafkas Literatur, wie etwa der etwas jüngere Willy Haas, der zu Kafkas und Max Brods Freundeskreis zählte, haben auf die Nähe seiner Literatur zu Träumen hingewiesen,[14] ohne seine eigenen Traumbeschreibungen zu kennen. Wenn man diese mitberücksichtigt, erkennt man mehrere Ebenen der Beziehung zwischen Träumen und Literatur in Kafkas Arbeit, die ich in drei Stufen zusammenfassen möchte: Zunächst (a) sind eigene Träume zu nennen, die in seine literarischen Texte Eingang finden. Zweitens (b) finden sich Zwischenstufen, wo traumhafte Textebenen, gleichsam Muster der Darstellung des *innern Lebens* seiner Protagonisten, realen Textebenen gegenüberstellt werden, die das *äußere Leben* symbolisieren – da diese beiden Welten in vielfacher Hinsicht inkompatibel sind, entsteht eine besondere Spannung, die zahlreiche Texte Kafkas auszeichnet, oft als phantastisch beschrieben wurde, oder, einfacher, als »kafkaesk«. Drittens (c) schreibt Kafka literarische Texte, die Mustern seiner Traumnotate folgen, vermutlich aber nicht auf tatsächlichen Träumen beruhen, und verzichtet dabei auf eine explizite Gegenüberstellung mit der Textebene der *äußeren Welt.*

Beispiele, in denen Kafka wiedererkennbare Elemente seiner Beschreibungen von Träumen oder »Halbschlafphantasien« aufnimmt und in literarische Prosa einarbeitet (a), finden sich bisweilen sogar noch Jahre nach der Niederschrift des Traums,[15] was die produktive Nutzung der Tagebücher und somit auch der Traumnotate für seine Literatur eindeutig nahelegt. So tauchen Elemente eines Traums vom 9. November 1911 (Nr. 6) in der Prosa *Auf der Galerie* wieder auf, die erst 1917 entstand.[16] Zeitlich wesentlich näher beieinander liegt der Traum vom 11. September 1912 (Nr. 17), in dem der New Yorker Hafen vorkommt, und dessen Literarisierung im Romanfragment *Der Verschollene,* die Kafka wohl im selben Monat niederschrieb. Solche klaren Übernahmen von Traumelementen oder -motiven sind allerdings selten. Und sie werden natürlich von Kafka nicht explizit ausgewiesen, was vermuten lässt, dass es wesentlich mehr Beispiele gibt als die offensichtlichen.

Zur zweiten Beispielgruppe (b) zählen einige der bekanntesten Texte Kafkas wie *Die Verwandlung* oder *Der Proceß.* Sie setzen mit einer traumhaften, unerklärlichen Handlung ein, die die Bewusstseinsebene des Protagonisten auch in der Folge bestimmt, während die Welt nach ihrer üblichen Logik weiterbesteht. Eine solche Anfangssequenz, die das Leben des Protagonisten aushebelt – einer Art »Verwandlung« gleich, die auch das Grundmuster der Verwandlung in der gleichnamigen Erzählung ist –, findet sich ebenso in *Das Schloss.* Der Ort, an dem diese Verwandlungen stattfinden, ist in der Regel das Bett, der Zeitpunkt ist der Moment des

Aufwachens, also die kurze Phase zwischen Schlaf und Wachsein, zwischen Traum und Realität. Kafka selbst schreibt in einer später gestrichenen Stelle des Romanfragments *Der Proceß* darüber und betont,

> »dass es doch sonderbar sei, dass man, wenn man früh aufwacht, wenigstens im allgemeinen alles unverrückt an der gleichen Stelle findet, wie es am Abend gewesen ist. Man ist doch im Schlaf und im Traum wenigstens scheinbar in einem vom Wachen wesentlich verschiedenen Zustand gewesen und es gehört [...] eine unendliche Geistesgegenwart oder besser Schlagfertigkeit dazu, um mit dem Augenöffnen alles, was da ist, gewissermaßen an der gleichen Stelle zu fassen, an der man es am Abend losgelassen hat. Darum sei auch der Augenblick des Erwachens der riskanteste Augenblick im Tag; sei er einmal überstanden, ohne dass man irgendwohin von seinem Platze fortgezogen wurde, so könne man den ganzen Tag über getrost sein.«[17]

Vielleicht wurde diese Passage, die ursprünglich im ersten Kapitel von *Der Proceß* stand, vom Autor gestrichen, weil sie zu viel enthüllt von dem Geheimnis, das Josef K.s Katastrophe in der Folge ein

Buch lang tragen soll. Vielleicht ging es Kafka aber auch darum, den möglichen Eindruck, Josef K.s Schicksal sei eigentlich ein Traum, von vornherein zu unterbinden – in diesem Fall, indem er vermied, Träume auch nur im selben assoziativen Zusammenhang mit dem Geschehen zu nennen. Eine solche deutliche Abgrenzung der Handlung von der Sphäre des Traums findet sich auch in der Erzählung *Die Verwandlung*, an deren Beginn sich der soeben erwachte Gregor Samsa in ein Ungeziefer verwandelt wiederfindet. »Es war kein Traum«,[18] wird vom Erzähler prompt postuliert, um klar festzuhalten, dass das, was Samsa widerfährt, nicht von ihm geträumt wird.

Obwohl Kafka in seinen literarischen Texten also versucht, den Zusammenhang zu verschleiern, liegt es nahe, das Unerklärliche, das im Bett und im Schlaf passiert und das Leben der Figuren verändert, mit Träumen in Verbindung zu bringen. Man denke nur an den im Vorwort des vorliegenden Bandes bereits zitierten Satz »Der Sinn für die Darstellung meines traumhaften innern Lebens hat alles andere ins Nebensächliche gerückt«,[19] der explizit darauf hinweist, was Kafka in seinen literarischen Texten ausdrücken wollte.

Die Traumnotate in den Tagebüchern und Briefen sind jedoch mehr als nur eine Basis der literarischen Darstellung des eigenen »traumhaften innern Lebens«; sie sind für sich genommen schon Erzählungen, und das bereits in ihrer Genese: Kafka erzählt sich im Tagebuch, was ihm begegnet ist, um sich selbst besser zu verstehen; er erzählt Korrespondenzpartnerinnen und -partnern in Briefen seine Träume, weil er deren Kenntnis als Voraussetzung dafür empfindet, um als Mensch und Freund in der von ihm gewünschten Weise verstanden zu werden. Was als (und zum Zweck der) Selbstbeobachtung beginnt, wird in der Niederschrift zu einem Text, in dem der Schreibende sich selbst als Beschriebenen mit einer gewissen Distanz wahrnimmt. Kafka macht sich also, seine Träume aufschreibend, zur Figur, beobachtet sich von außen, ähnlich wie einen seiner literarischen Protagonisten. Und so wie auf seine Träume – auf alles, was ihm im Bett oder auf dem Kanapee mehr oder weniger unbewusst einfällt, widerfährt und begegnet – der Alltag mit völlig anderen, starren Gesetzmäßigkeiten folgt, so folgt auf den Schlaf seiner Protagonisten mit dem Erwachen ein ihnen feindlich gesinntes Leben: Die in ihrem »traumhaften« Einstieg Gefangenen werden mit einer Realität konfrontiert, die sie letztlich umbringt, was angesichts der Ausweglosigkeit ihrer Situation, gefangen zwischen Traum und Wirklichkeit, einer Erlösung gleichkommt.

So wie sich Kafka also selbst in seinen Tagebüchern und Briefen als jemand stilisiert, dessen inneres »traumhaftes« Leben mit seinem äußeren »realen« inkompatibel ist, genauso zeichnet er auch seine Protagonisten. Und wenn die äußeren Zwänge, das Zeitkorsett des Büros, der Lärm des Lebensumfelds – vom Vater über die Hausangestellten bis zu den Nachbarn – und die familiären Pflichten Kafkas Schreiben und somit das Eigentliche, das ihm Wichtigste gefährden und zu zerstören drohen, dann ist das wie ein Urbild dessen, was Gregor Samsa und Josef K. widerfährt.[20] Die rätselhafte »Verwandlung«, die den Bruch zwischen Traum und Wirklichkeit offenlegt, am Beginn der Texte steht und unausgesprochen deren Zentrum bildet, ist nicht vorhersehbar, nicht erklärbar, nicht begründbar. Die Unvereinbarkeit der inneren Welt des Traums und der äußeren der Lebensrealität ist fundamental und unumkehrbar. Der sich dadurch manifestierende existentielle Konflikt bleibt über die gesamte Dauer der literarischen Texte hinweg bestehen, da Kafka beide Welten gleichrangig nebeneinanderstellt. Michael Müller schreibt dazu: »Kafka erhebt das sogenannte Irreale in den Rang des Realen, er zwingt uns damit, unsere Welt neu zu sehen. Er macht uns klar, daß es etwas Unbegreifbares gibt, das vielleicht noch stärker als das, was wir rational erklären können, unser Leben prägt.«[21]

Träume markieren somit nicht nur einen Ausgangspunkt von Kafkas Erzählen, sie sind als subversives, aber im Erzählzusammenhang als normal präsentiertes Gegenbild zur Realität ein zentraler Baustein für die Wirkung von Kafkas Texten.

Die dritte Form (c) der literarischen Verbindung von Träumen und literarischer Erzählung in Kafkas Werk, die ich ansprechen möchte, findet sich in Erzähltexten, deren Gestalt Träumen nachempfunden ist. Auch hier ist es praktisch unmöglich, eindeutige Grenzen zu ziehen, da sich, wie bereits erwähnt, Formen und Muster aus Traumnotaten in Kafkas Werk in nahezu jedem Text finden ließen. Es gibt allerdings einige Beispiele, die der Autor selbst in einen Traumzusammenhang gestellt hat: Sie nehmen, obwohl nicht eigentlich auf Träumen basierend, deren strukturelle und inhaltliche Eigenart auf und könnten als literarische Traumtexte bezeichnet werden. In Gaspare Giudices und Michael Müllers Band *Franz Kafka: Träume* wurden einige Beispiele für diese Textsorte in einem eigenen Kapitel als »Kunstträume« versammelt – im Wissen, dass eine solche Auswahl immer problematisch sein muss.[22] In das vorliegende Buch wurden nur einige besondere Texte aus dieser Gruppe aufgenommen, allen voran *Ein Traum* (Nr. 47), eine Erzählung aus der 1920 veröffentlichten Sammlung *Ein Landarzt*. In diesem kurzen Text, der aus dem Umfeld der Arbeiten an *Der Prozeß* stammt, verwendet Kafka Muster aus seinen Traumbeschreibungen, erzählt dabei jedoch kontinuierlich wie in anderen komponierten literarischen Texten. Es entsteht eine Mischform, die Elemente beider Welten vereint, doch hat in der traumhaften Grundszenerie der Kurzprosa das *innere Leben* einen höheren Stellenwert als im Romanfragment, was sich auf das Los der Hauptfigur auswirkt: Während in *Der Prozeß* das *äußere Leben* nicht nur die Oberhand behält, sondern auch das Vermächtnis des Protagonisten dominiert – am Ende sollte Josef K. nur »die Scham überleben«[23] –, steht in *Ein Traum* der Name des Protagonisten »mit mächtigen Zieraten« am Grabstein.

Die Gegensätzlichkeit von Traum und Realität, von innerem und äußerem Leben, bestimmt zwei weitere kurze Erzähltexte (Fragmente?), die Kafka mit *Unverbrüchlicher Traum* und *Zer[r]issener Traum* überschreibt (Nr. 45 und 46). Hier geht Kafka allerdings noch viel weiter als in *Ein Traum* und zeigt mit zwei »Mustertexten« den Gegensatz von Traum und Realität sowie die Auswirkungen der Einflüsse des äußeren auf das innere Leben vermutlich klarer und unmittelbarer als in seinem gesamten übrigen Werk.

Im ersten, nur wenige Zeilen langen Text ist es der bloß »Sie« genannten Figur möglich, die Welt frei und ungehindert zu durchlaufen, völlig unbeeinflusst von der Umgebung, fast unbemerkt – nur von Kindern beobachtet. »Unverbrüchlich« ist dieser »Traum« insofern, als die Realität darin keine störende Macht entfalten kann. Keinerlei Einfluss von außen hemmt das Tun der Protagonistin, die daher auch keine nähere Beschreibung braucht: Kaum wahrnehmbar, ist sie den Urteilen, Bewertungen, Einschätzungen ihrer Umgebung (auch von Seiten des Erzählers) entzogen und somit wahrhaft frei.

Der zweite Text, *Zer[r]issener Traum*, mehr als viermal so lang wie der erste, erzählt eine kurze Passage, die völlig gegensätzlich ist: Die zentrale Figur, ein neu angenommener »Wächter«, der ein »Mausoleum« bewachen soll, ist in jeder denkbaren Hinsicht beeinträchtigt, als Kriegsinvalide gehbehindert und auf eine »Stelze« angewiesen, Witwer und Familienvater, kraftlos und hustend. Was er tun soll (es ist ihm aufgetragen), wird er vielleicht mit Hilfe schaffen, von der Leichtigkeit der Figur in *Unverbrüchlicher Traum* ist er jedoch weit entfernt. Auch in *Zer[r]issener Traum* könnte der Weg, den der Wächter zurücklegt, in zwei, drei Zeilen erzählt werden, allein: Es gibt hier so viele Einflüsse, Erklärungen, Urteile, Beeinträchtigungen, Fragen, die allesamt von außen an den Mann herangetragen wurden und werden, dass eine knappe, leichte und trotzdem ausreichende Beschreibung nicht möglich ist – dabei ist er am Textende noch nicht einmal am Ziel seines Wegs, dem Mausoleum, angekommen. Im Gegensatz zur »Sie« des ersten Texts erhält der Wächter einen Namen – »Friedrich«. »Zerrissen« ist der Traum von Anfang an; an ein freies, ungehindertes Dasein, gleichgesetzt mit dem von außen unbeeinträchtigten *inneren Leben*, ist schon aufgrund des Vorlebens des Mannes und seiner Verletzungen nicht zu denken. Das *äußere Leben* mit klaren Strukturen und Vorgaben, aber auch mit genauer Beobachtung, Benennung und Beurteilung, haftet ihm an wie ein enges Korsett und bestimmt sein Tun bis zum – angesichts seines Zustands absehbaren – Zusammenbruch. Während in *Unverbrüchlicher Traum* das *äußere Leben* keinen Zugriff erhält und somit machtlos bleibt, der Traum also ungehindert bestehen kann, ist es in *Zer[r]issener Traum* genau umgekehrt: Hier ist das *innere Leben* soweit verkümmert, dass es angesichts der

Übermacht des *äußeren* nicht mehr wahrnehmbar ist. Der Traum ist besiegt.

Roland Reuß, Mitherausgeber der wegweisenden Edition des *Ersten Oxforder Oktavhefts*, an dessen Anfang sich diese beiden »Träume« befinden, meint zum entscheidenden Unterschied zwischen den zwei Texten, den Kafka schon durch die Titelgebung festgeschrieben habe: »Einen Traum ›unverbrüchlich‹ zu nennen, heißt, ihm verbunden zu bleiben, für ihn einzustehen gegenüber der währenden Gefahr seiner Zerstörung; ihn ›zerrissen‹ zu nennen, heißt, seine gewaltsame Auflösung als gegeben anzunehmen. Dazwischen bewegt sich Kafkas Dichtung.«[24]

1 Brief vom 1. November 1912, KKAB 1, S. 203f.
2 Alt, Der ewige Sohn, S. 312.
3 Koch, Ringkämpfe, S. 95.
4 KKAT, S. 909.
5 Vgl. Gatzmaga, Poetik des Traums, S. 12.
6 Engel, Traumnotat, S. 238.
7 KKAT, S. 53.
8 Vgl. Engel, Traumnotat, S. 236.
9 KKAT, S. 546.
10 Vgl. Alt, Der ewige Sohn, S. 314.
11 Brief vom 19. Juli 1912, KKAB 1, S. 162.
12 Vgl. Engel, Traumnotat, S. 242ff.; Kafka-Handbuch, S. 448.
13 Vgl. Engel, Traumnotat, S. 245.
14 Vgl. Alt, Der ewige Sohn, S. 495f.
15 Vgl. ebd., S. 314f.
16 Vgl. ebd., S. 496.
17 KKAP (Apparatband), S. 168.

18 KKAD, S. 115.
19 KKAT, S. 546.
20 Vgl. Kafka-Handbuch, S. 196.
21 Vorbemerkung von Michael Müller in Kafka, Träume, S. 10.
22 Vgl. ebd., S. 63–73.
23 P, S. 312.
24 Reuß: Oktavhefte, S. 9.

Literaturverzeichnis

Primärliteratur

BKB =
Max Brod, Franz Kafka: Eine Freundschaft. Briefwechsel. Hg. von Malcolm Pasley. Frankfurt am Main: S. Fischer 1989.

Kafka, Sogni =
Franz Kafka: Sogni. Palermo: Sellerio 1990.

Kafka, Träume =
Franz Kafka: Träume. »Ringkämpfe jede Nacht«. Hg. von Gaspare Giudice und Michael Müller. Frankfurt am Main: Fischer Taschenbuch Verlag 1993.

KKAB 1 =
Franz Kafka: Briefe 1900–1912. Hg. von Hans-Gerd Koch. Frankfurt am Main: S. Fischer 1989 (Franz Kafka: Schriften, Tagebücher, Briefe. Kritische Ausgabe).

KKAB 2 =
Franz Kafka: Briefe 1913–März 1914. Hg. von Hans-Gerd Koch. Frankfurt am Main: S. Fischer 1999 (Franz Kafka: Schriften, Tagebücher, Briefe. Kritische Ausgabe).

KKAB 3 =
Franz Kafka: Briefe April 1914–1917. Hg. von Hans-Gerd Koch. Frankfurt am Main: S. Fischer 2005 (Franz Kafka: Schriften, Tagebücher, Briefe. Kritische Ausgabe).

KKAB 4 =
Franz Kafka: Briefe 1918–1920. Hg. von Hans-Gerd Koch. Frankfurt am Main: S. Fischer 2013 (Franz Kafka: Schriften, Tagebücher, Briefe. Kritische Ausgabe).

KKAD =
Franz Kafka: Drucke zu Lebzeiten. Textband. Hg. von Wolf Kittler, Hans-Gerd Koch und Gerhard Neumann. Frankfurt am Main: S. Fischer 1996 (Franz Kafka: Schriften, Tagebücher, Briefe. Kritische Ausgabe).

KKAN 1 =
Franz Kafka: Nachgelassene Schriften und Fragmente 1. Textband. Hg. von Malcolm Pasley. Frankfurt am Main: S. Fischer 1993 (Franz Kafka: Schriften, Tagebücher, Briefe. Kritische Ausgabe).

KKAN 1 (Apparatband) =
Franz Kafka: Nachgelassene Schriften und Fragmente 1. Apparatband. Hg. von Malcolm Pasley. Frankfurt am Main: S. Fischer 1993 (Franz Kafka: Schriften, Tagebücher, Briefe. Kritische Ausgabe).

KKAP =
Franz Kafka: Der Proceß. Textband. Hg. von Malcolm Pasley, Redaktion: Hans-Gerd Koch. Frankfurt am Main: S. Fischer 1990 (Franz Kafka: Schriften, Tagebücher, Briefe. Kritische Ausgabe).

KKAP (Apparatband) =
Franz Kafka: Der Proceß. Apparatband. Hg. von Malcolm Pasley, Redaktion: Hans-Gerd Koch. Frankfurt am Main: S. Fischer 1990 (Franz Kafka: Schriften, Tagebücher, Briefe. Kritische Ausgabe).

KKAT =
Franz Kafka: Tagebücher. Textband. Hg. von Hans-Gerd Koch, Michael Müller und Malcolm Pasley. Frankfurt am Main: S. Fischer 1990 (Franz Kafka: Schriften, Tagebücher, Briefe. Kritische Ausgabe).

KKAT (Apparatband) =
Franz Kafka: Tagebücher. Apparatband. Hg. von Hans-Gerd Koch, Michael Müller und Malcolm Pasley. Frankfurt am Main: S. Fischer 1990 (Franz Kafka: Schriften, Tagebücher, Briefe. Kritische Ausgabe).

OO 1&2 =
Franz Kafka: Oxforder Oktavhefte 1&2. Hg. von Roland Reuß und Peter Staengle. Frankfurt am Main, Basel: Stroemfeld 2006 (Franz Kafka: Historisch-Kritische Ausgabe sämtlicher Handschriften, Drucke und Typoskripte).

P =
Franz Kafka: Der Proceß. Roman in der Fassung der Handschrift. Hg. von Malcolm Pasley. Frankfurt am Main: S. Fischer 1990.

Sekundärliteratur

Alt, Der ewige Sohn =
Peter-André Alt: Der ewige Sohn. Eine Biographie. München: C.H. Beck 2008.

Binder, Handbuch 1 =
Hartmut Binder: Kafka-Handbuch in zwei Bänden. Band 1: Der Mensch und seine Zeit. Stuttgart: Kröner 1979.

Binder, Kafkas Welt =
Hartmut Binder: Kafkas Welt. Eine Lebenschronik in Bildern. Reinbek bei Hamburg: Rowohlt 2008.

Binder, Kafkas Wien =
Hartmut Binder: Kafkas Wien. Portrait einer schwierigen Beziehung. Prag: Vitalis 2013.

Engel, Traumnotat =
Manfred Engel: Traumnotat, literarischer Traum und traumhaftes Schreiben bei Franz Kafka. Ein Beitrag zur Oneiropoetik der Moderne. In: Träumungen. Traumerzählungen in Literatur und Film. Hg. von Bernard Dieterle. St. Augustin: Gardez! 1998, S. 233–262.

Fischer, Asbest =
Ulrich Fischer: Asbest. Franz Kafka als Unternehmer. Göttingen: Wallstein 2022.

Gatzmaga, Poetik des Traums =
Clemens Bruno Gatzmaga: Zur Poetik des Traums bei Franz Kafka und Sigmund Freud. Masterarbeit Univ. Wien 2013.

Glinski, Imaginationsprozesse =
Sophie von Glinski: Imaginationsprozesse. Verfahren phantastischen Erzählens in Franz Kafkas Frühwerk. Berlin, New York: de Gruyter 2004.

Grözinger, Kafka und die Kabbala =
Karl-Erich Grözinger: Kafka und die Kabbala. Das Jüdische im Werk und Denken von Franz Kafka. Frankfurt, New York: Campus Verlag 2014.

Kafka-Handbuch =
Kafka-Handbuch. Leben – Werk – Wirkung. Hg. von Manfred Engel und Bernd Auerochs. Stuttgart, Weimar: J.B. Metzler 2010.

Kilcher, Zeichnungen =
Franz Kafka: Zeichnungen. Hg. von Andreas Kilcher. Unter Mitarbeit von Pavel Schmidt. Mit Essays von Judith Butler und Andreas Kilcher. München: C.H. Beck 2021.

Koch, Ringkämpfe =
Hans-Gerd Koch: »Ringkämpfe jede Nacht«. Franz Kafkas »Schreibtisch- und Kanapeeleben«. In: Franz Kafka: Träume. »Ringkämpfe jede Nacht«. Hg. von Gaspare Giudice und Michael Müller. Frankfurt am Main: Fischer Taschenbuch Verlag 1993, S. 93–104.

Mitscherlich-Nielsen, Psychoanalytische Bemerkungen =
Margarete Mitscherlich-Nielsen: Psychoanalytische Bemerkungen zu Franz Kafka. In: Psyche, Heft 1, 31. Jahrgang, Januar 1977, S. 60–83.

Neumann, Kafka-Lektüren =
Gerhard Neumann: Kafka-Lektüren. Berlin, Boston: de Gruyter 2013.

Reuß, Oktavhefte =
Roland Reuß: Die ersten beiden Oxforder Oktavhefte Franz Kafkas. Eine Einführung. In: Franz Kafka-Heft 5, S. 3–26. Beilage zu: Franz Kafka: Oxforder Oktavhefte 1&2. Hg. von Roland Reuß und Peter Staengle. Frankfurt am Main, Basel: Stroemfeld 2006 (Franz Kafka: Historisch-Kritische Ausgabe sämtlicher Handschriften, Drucke und Typoskripte).

Robertson, Kafka =
Ritchie Robertson: Kafka. Judentum Gesellschaft Literatur. Stuttgart: J.B. Metzler 1988.

Stach, 99 Fundstücke =
Reiner Stach: Ist das Kafka? 99 Fundstücke. Frankfurt am Main: S. Fischer 2012.

Stach, Die frühen Jahre =
Reiner Stach: Kafka. Die frühen Jahre. Frankfurt am Main: S. Fischer 2014.

Stach, Jahre der Entscheidungen =
Reiner Stach: Kafka. Die Jahre der Entscheidungen. Frankfurt am Main: S. Fischer 2002.

Stach, Jahre der Erkenntnis =
Reiner Stach: Kafka. Die Jahre der Erkenntnis. Frankfurt am Main: S. Fischer 2008.

Stach, Kafka von Tag zu Tag =
Reiner Stach: Kafka von Tag zu Tag. Dokumentation aller Briefe, Tagebücher und Ereignisse. Frankfurt am Main: S. Fischer 2018.

Švingrová, Qualifikation =
Simona Švingrová: Die Rolle der sprachlichen Qualifikation bei der Karriere eines (k.k.) Beamten: Franz Kafka und seine Kollegen bei der AUVA. In: Kafka und Prag. Hg. von Peter Becher, Marek Nekula und Steffen Höhne. Köln, Weimar, Wien: Böhlau 2012, S. 185–205.

FRANZ KAFKA
geboren 1883 in Prag, gestorben 1924 im niederösterreichischen Kierling. Er gehört zu den bedeutendsten Autoren der deutschsprachigen Literaturgeschichte. Zu Lebzeiten erschien nur ein kleiner Teil seines Werks im Druck, die Romanfragmente *Der Proceß*, *Das Schloss* und *Der Verschollene* wurden erst nach seinem Tod veröffentlicht.

MANFRED MÜLLER
geboren 1969 in Zell am See, Germanist und Literaturvermittler, Leiter der Österreichischen Gesellschaft für Literatur in Wien, seit 2012 Präsident der Österreichischen Franz Kafka Gesellschaft.

Inhalt

Vorwort — 5

Träume und Kommentare — 11

Anmerkungen und Quellen — 143

Nachwort — 151

Literaturverzeichnis — 171